U0120075
華志文化

華志文化

華志文化

華志文化

圓融一生：
百年樟樹聽我說話

那一年，我們追逐生命的故事

華志文化

自序

感謝老天賞賜一處世外桃源。

我的故鄉——台南麻豆，以出產麻豆文旦聞名，距離我家不遠的麻豆糖廠，因為糖業衰退遭到廢業，十一年前，熱心的文史工作者本著「閒置空間再利用」的原則，把它重新規畫成藝文活動中心，由於廠區遼闊，林木蓊鬱，綠草如茵，百年前日本人留下的紅磚建築物古色古香，迅速成為遠近馳名的觀光勝地。

三、四年來，每天清晨四點多，早睡早起的我便徒步走進麻豆糖廠藝文活動中心，散步、運動、聽鳥鳴啁啾、蟲聲唧唧，看松鼠在樹梢上爬來爬去，小狗、小貓為覓食而忙碌奔波，我一邊探索人與大自然的互動關係，也一邊檢討現代人的種種生活困擾，有所領悟，便一一記錄下來成為這一本散文集。

寫作期間，忽有台北電影公司找上門來，說我多年前在監獄當心理輔導志工所寫的一篇文章——〈最後一堂課〉在網路上爆紅，他們決定買下它改拍成電影。為了紀念這一段特殊因緣，我徵得華志文化事業有限公司的同意，把〈最後一堂課〉電影的原著放在這本散文集的前面，分享給眾多讀者。

我原本只是平平凡凡的中學老師，因為長期關心不愛唸書的青少年的種種問題，被校長推薦去彰化師範大學心理輔導研究所進修，便成為工作特殊的心理輔導老師，五十歲就退休進入監獄當志工，苦口婆心勸受刑人改過向善、孝順父母。也與好朋友一起在台南市憂鬱症關懷協會幫助深為疾病困擾的男男女女。大概是因為這樣，獲得老天爺的垂憐，讓我在六十多歲隱居麻豆鄉下時，可以每天清晨在麻豆糖廠藝文活動中心散步、運動，藉此美好環境消除世俗生活的種種壓力，獲得寧靜平和的心情，彷彿住在世外桃源裡。人生至此，夫復何求？

寫於台南麻豆老家

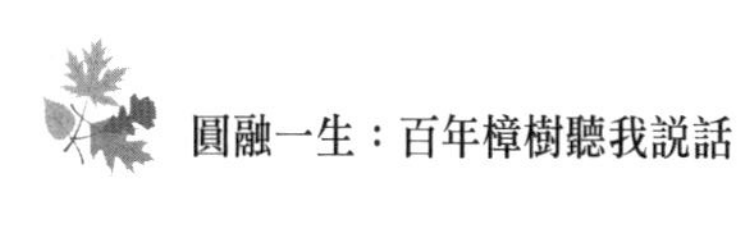

推薦文：最後一堂課

丘榮襄

有一天，監獄臨時通知我，由於菸毒犯增加太多，囚房不夠用，有一批受刑人因此即將出獄，希望隔天早上，我能夠對這一批受刑人講最後一堂課，提一些叮嚀、提一些期待。

站上講台，喝過受刑人送上來的茶水，突然發現教室外一陣騷動，兩個全副武裝的戒護人員陪一個四十多歲的受刑人走過來，那是重刑犯，腳鐐、手銬齊全，受刑人手上還捧著沉重的鉛丸。在監獄裡，這是防止受刑人脫逃的最嚴密的措施了。

重刑犯倒沉得住氣，立正，向我深深一鞠躬，然後拖著腳鐐慢慢走向教室後面，在一張空出來的長凳子上坐下來。

兩個戒護人員分立兩旁，表情嚴肅。

這場面有一點嚇人。我在監獄講課兩年多了，從來沒有碰過這種情形。顯然，

這位重刑犯是特別得到批准，才能來到這裡聽我講課的。

大概是重刑犯滿臉風霜，彷彿對生命有所領悟的表情影響到我吧？我捨棄事先準備好的內容，在黑板上寫出臨時想到的講題：「順從命運，打拚奮鬥」。

我以自己的故事，鼓勵所有受刑人在命運的安排下，努力奮鬥、追求美好的理想。

剛大學畢業的時候，我到國中教書，因為我不是正科師範院校出身的，所以，學校認為我不是好老師，便安排我教兩班「牛頭班」。學生是老師、家長的「牛郎」和「織女」，是大家都嫌麻煩的牛頭男生和畢業後要去紡織廠做工的女生。

然而，我並不因此感到氣餒，我了解這些學生因為不喜歡唸書而被一般老師歧視的氣憤，便以朋友的身分接近他們、安撫他們，鼓勵他們潔身自愛，將來在社會上有尊嚴的就業、生活。

校長看我把兩班學生帶得平平安安，減少了許多喧譁、鬧事，欣慰之餘，推薦我到師範大學唸心理輔導研究所，因此，我改行當熱門的心理輔導老師，五十歲退休後，還有機會到監獄當輔導義工，勸人謹慎小心地過生活，要出錢出力積極行善回饋社會。

五十分鐘很快就過了，下課鐘聲響起，重刑犯站起來，走到門口時看著我欲言又止，最後，向我鞠躬致謝，慢慢走開。

幾天以後，監獄的管理人員轉給我一封信，署名「學生」。信的大概內容如下：

老師，您接到這一封信時，我應該已經死了，依法槍決。我是列管有案的槍擊要犯。

有一天，借提到法院作證，在監獄的大草坪邊等車時看到您，應該沒錯，很多年過去了，可是我對您的印象很深刻，也常常想到您，所以，立刻問身旁的戒護人員，丘老師到監獄來做什麼？

戒護人員指著掛在您胸前的紅色識別證告訴我，您一定是進來講課的輔導義工。

剎那間，很多年前的回憶把我拉回少年時代。

那一年，我唸國中二年級，您擔任我們的級任兼國文老師。

我們最愛上您的課了，您把課本上的人物、故事講得活靈活現，好吸引

人。可惜，一向愛動愛玩的我常常想跑到外面呼吸自由空氣，有一節數學課，我溜到圍牆外面的木瓜園偷採木瓜吃，竟倒楣地被主人發現，他差一點抓住我，我連滾帶爬跑出木瓜園，繞了一大圈，等到您的國文課快開始了才又回到教室坐好。

天啊！那個木瓜園的主人竟然出現在走廊上，跟您談過話後，他站在窗戶邊一一看我們的臉，很快地就認出我來。

您和他又談了一會兒，然後，您掏出兩百元給他，他回頭瞪我一眼才生氣地走了。

下課後，您把我叫到操場上罵幾句，警告我，下次再偷東西，不替我賠錢，要讓人家報警了。

您罰我跑兩千公尺。

寒假過後，我沒有回去學校，開始在外面流浪，我常常想起您替我賠木瓜園主人兩百元的事，常常說給不同的朋友聽，他們都稱讚您夠意思，幫學生解圍，不至於動不動就把學生送訓導處留下不良紀錄。

我是闖了禍才休學的。

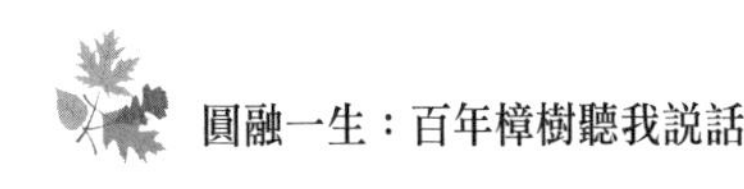

我父親是不識字的輾米廠工人，老實可靠，輾米廠的老闆有個智障妹妹，後來嫁給我父親。雖然有這種親戚關係，可是，輾米廠老闆待我父親十分苛薄無情，待他如奴隸。過年了，沒發給他壓歲紅包，只送我們家一斗米。我氣憤不過，有一天晚上將他在路上攔住，狠狠地揍了他一頓，又警告他，日後如果敢對我父親怎樣，我就把他殺了。

天可憐見，一直到我父母雙雙因為生病去世，他都沒有把這件事張揚出來。

我功課很爛，可是老天賜給我一副高大身材，這是打架、鬧事的本錢。從小，看著懦弱的父親和智障母親常常被人家欺負，使我相信，當個強悍的人才能出人頭地，吃香喝辣，所以在黑道上混了二、三十年，我一直是帶頭在前面衝的人，只不過，坐牢、槍決，是我必須承受的代價。

我向監獄表明是您的學生，請求達成死前最後一個心願，再聽您講一次課。幸運的，在您講課一個小時前，我得到批准。我快樂地看著您站在講台上講人生小故事，彷彿我又是個愛玩愛鬧的少年，正坐在國中教室裡，無憂無慮的，真好啊！

我從沒有一次完整地寫過一篇作文，文筆是很差的，所以拜託別人代我寫這一封信，希望能順利送到您手中。老師，講課結束前您說：「心中有恨的人生是可憐、痛苦的。證嚴法師要我們明白，恨，就是把別人的錯誤拿來苦苦折磨我們自己，最後，毀了自己。」這種人生智慧，可惜，我從來沒有機會聽過，也不曾冷靜想過，我恨父母親被欺負，所以我反過來欺負別人，我的人生就是這樣一步一步錯下去的。希望那天聽您講課的受刑人有一半，不，即使只有三分之一、四分之一也好，能把這些話記住，釋放自己的心靈，活得自由自在，平平安安過完一生。

希望下輩子，依然有機會當您的學生。

看完信，我長長嘆一口氣。抬頭遠望，不知道應該怎麼想才好。稍後，我決定以後在監獄講人生課題，每一節課都要用心準備內容，懇切、完整的把種種期待和叮嚀表達出來，因為有受刑人會長久記住我講過的話，調整他們的生活態度。

目錄

CONTANT

第二卷：人文省思

CONTANT

第1卷

自然生態

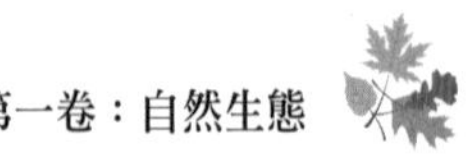

1. 五十年歲月悠悠

清晨四點五十分，我在處處有大樹挺立的麻豆糖廠走過一遍，習慣性的，在一棵樹齡過百的巨大樟樹下坐下來。樟樹微微凸起的根部正好巧妙地形成平坦的坐位，可以讓我坐下來舒服的靠在樹幹上。

穿過幾公尺外一棵龍眼樹的枝葉空隙，我可以看到微微缺一小角的皎潔月亮正俯視大地。

今天是二〇一二年農曆八月十七日，中秋佳節剛過兩天，號稱近年來可以在地球上看到的最大最圓最亮的月球才撫慰過億萬人類企盼平安、團圓的心靈，此刻，也似乎有趣的看著我這個早起走路做運動的老人。

過了今天的生日，我就六十四歲了。像許多老人一樣，我夜晚的睡眠時間越來越短，起床的時間則越來越早，往往，我走出家門來到兩公里外的麻豆糖廠運動時，才剛剛四點三十分。

此刻，幽靜的糖廠裡只有我一個人，感覺上有一點孤單、寂寞，因此，我忍

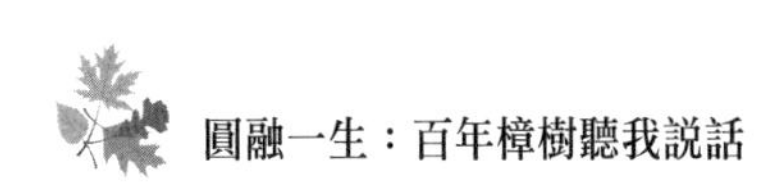

不住拍拍樟樹巨大粗糙的樹幹，告訴它：

「老樟樹，從今天起，請當我的好朋友吧！當我大清早走路累了，在樹下坐坐，讓我跟您說說話、解解悶。」

我會這麼做，是因為我們蠻有緣分的。

五十年前，我十四歲，在距此兩公里外的曾文中學（現在的麻豆國中）唸初中部三年級，有一天，教我們英文的女老師把我叫到她面前，把一個牛皮紙袋交給我，說：

「班長，這包東西要馬上送到糖廠我家去，麻煩你跑一趟。」

英文老師的爸爸是麻豆糖廠的廠長，全家都住在糖廠宿舍裡。我在糖廠大門口問過警衛室的警衛，知道往裡面一直走，看到一棵巨大高聳的樟樹，往左轉就到了廠長宿舍。

廠長宿舍很漂亮，是標準的日式建築，有很多房間，外牆以橫條木板包覆，上面蓋著深灰色的斜瓦片，在寬大、光亮的紙窗裡有婦人站著往外面看。

「小伙子，你找誰呀？」

我把手中的包包揚一揚。「我們英文老師叫我拿來的。」

婦人笑了，她大概是英文老師的媽媽吧？很快的走出來接過包包，對我說謝謝，然後，她叫我等一下，返身走進去，很快又走出來，遞給我一支冰棒。

麻豆糖廠的冰棒在當年是大家都很愛吃的名貴點心，有人可能買得起，但我父親只是在菜市場賣魚的小販，他為了供應我哥哥、姊姊唸書已耗盡錢財，常常要向親友借錢才付得起大學、高中的學費，平常，是無法給我零用錢的，所以，我幾乎未曾吃過糖廠的冰棒。那天下午，我握緊冰棒走出廠長宿舍，走到巨大的樟樹下，自然而然在樹根上坐下來，以一種幸福的心情慢慢把冰棒吃了。

五十年歲月悠悠而過，老樟樹，五十年前坐在你樹根上享受冰棒的小伙子，後來順利考上高中唸完大學，前後在國中、高中、高職當過老師，還高高興興地當上作家，寫了四十多本書，現在已經退休在麻豆老家悠哉遊哉過日子了，而麻豆糖廠，從日據時代便大量製糖賺取外匯，一直到二十多年前，因為環境改變，製糖成本高過收入，年年虧損之下，不得不和全台灣大部分的糖廠一起宣佈停止生產，廠房作廢，人員遣散，這美麗遼闊、綠樹成蔭的廠區不久就被流浪漢和野狗、野草佔領了。

我退休後，喜歡在大自然中走走、瞧瞧，培養一些寫作靈感，不免感嘆：我

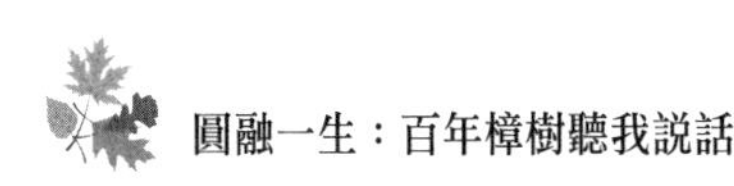

們麻豆地區教育普及、人文氣息濃厚，可惜，沒有一處花木扶疏、綠意盎然的公園供民眾走走、瞧瞧，令人遺憾之至！

很巧，一個名詞適時出現，「閒置空間的再利用」，這政策一出現，上級政府撥下經費，地方政府盡心盡力把原本荒廢的麻豆糖廠重新整理規畫，九年有成。到現在，麻豆糖廠恢復了美麗風光，花木適時剪裁，老舊建築物一一以原貌出現，美輪美奐的「紅樓」是磚造的原來糖廠行政管理中心，現在成了貴重藝術品的展示中心，原來的廠長宿舍、員工育樂中心、關係企業員工出差接待所等等，都一一成為有特色的觀光景點，讓麻豆地區的民眾早晚在糖廠裡散步聊天，心曠神怡，慕名而來的外地遊客也一天比一天增加，麻豆糖廠——成了遠近聞名的藝文活動中心。

老樟樹，您居高臨下，百年來看盡人事滄桑、景物變化，白了頭髮的我也領悟人生無常、命運巧妙捉弄人，我們在這裡重續五十年前的好緣分，彼此交換意見，一定很有趣哪！

2. 孤單的小黑狗

糖廠裡，有十多隻流浪狗。

俗話說：「一犬吠影，眾犬吠聲。」沒錯，常常有一隻狗發現什麼人影出現或是什麼風吹草動，就慌張地汪汪大叫，然後，其他的大狗、小狗也湊在一起亂叫一通，使整個糖廠草木皆兵，喧鬧不已。

老樟樹，您睥睨四方、德高望重，對這十多隻流浪狗的慌慌張張一定很不以為然吧！

不過，其中有一隻小黑狗倒蠻有意思的。

您沒看過牠？有可能，因為牠是很膽小、畏畏縮縮，常常孤孤單單躲起來的。

大約半年前吧！有一隻棕色母狗生下五隻小狗，很有趣，這五隻小狗的外表完全不一樣，棕色的、全黑的、半黑半白的，各有特色。我好奇的觀察了好幾天，猜想，棕色母狗的戀愛對象大概是全黑的公狗。

每當有人靠近，母狗就發出低沉的吼叫，示意五隻小狗保持警戒，不要被打或被抱走了。這時候，小狗會停止嘻鬧就近趴下，只有那一隻膽小的小黑狗，一定歪歪倒倒跌進水溝蓋下躲起來。過了好久，才自己費盡吃奶的力氣爬上來，或是母狗把牠叼起來。

日子一天天過去，我發現小黑狗的發育比其他四隻小狗緩慢，因為，生為流浪狗，飲食缺乏，營養不良，母狗的奶汁明顯不足，每當進食的時候，其他四隻小狗爭先恐後咬著母狗奶頭吸奶，小黑狗力氣小、動作慢，常常搶不到奶頭，吸不到奶，日子久了，就長得比別隻小狗慢了。

母狗奶水不足，小狗的斷奶期被迫提早開始，被迫要自己覓食求生存，陸陸續續的，有小狗夭折。我想，小黑狗大概也要被殘酷的大自然給淘汰了。

非常意外，幾天過後，我在糖廠內那一所因招生不足而被廢棄的國小操場邊發現小黑狗。可憐的牠，餓得發慌了，正趴在跑道上，慢慢把落在地面的龍眼咬破，去掉果皮，慢慢的咬下果肉吃進肚子。糖廠裡有十多棵龍眼樹，龍眼成熟時無人採摘，常掉落地面。

老樟樹，若非我親眼所見，我真不敢相信小狗有能力剝掉果皮吃龍眼的果

肉。

隔天開始，每天大清早來糖廠走路做運動時，我一定走進被廢棄的國小校園找到小黑狗，把事先準備的小狗乾糧拿出來倒在跑道上，讓小黑狗吃。

由陌生而熟識，從此，小黑狗一看到我，就從牠躲藏的地方跑出來，晃頭搖尾地過來親我舔我。

有一天，棕色母狗來探望孤孤單單過日子的小黑狗，看到牠把我當作好朋友，開心地跟我玩著，似乎放心了，在旁邊安靜地趴下來，有趣的看著我們。有時候牠自己肚子餓了，正好碰到我剛放下乾糧，牠也靠過來，意思意思吃一些。

小黑狗的母親大部分時間都和十多隻流浪狗混在一起，小黑狗卻總是形單影隻地在廢棄的國小校園活動，我看過牠抱著枯萎掉落的樹枝在地上打滾，玩得不亦樂乎，也看過牠把深色塑膠袋套在自己頭上裝瞎子碰碰撞撞學走路，有一次木棉成熟的果子爆開，潔白棉絮一堆又一堆隨風翻飛，小黑狗煞有其事隨之起舞，彷彿牠變成莊嚴的舞者、藝術家。

個性內向、敏感、喜歡獨處的人有可能是藝術家、詩人或作家，我和許多從事寫作的好朋友就有怕人多、熱鬧場合的個性，因為如此，我特別喜歡待在小黑狗身旁看牠自得其樂地過生活，牠似乎別有靈性。

二〇一一年九月、十月，台灣最轟動的大事是進電影院看魏德聖導演拍的《賽德克巴萊》上下集。電影中，男主角莫那魯道養著一隻聰明伶俐的大黑狗，慘烈殺戮的「霧社事件」後，莫那魯道對自己的子弟兵說：「你們要自盡的就自盡，想投降的就投降。」他自己知道難逃一死，所以，他把大黑狗叫過來，拿出包在樹葉裡的兩塊肉片給牠吃，盡了最後的一份情義，然後，抽出身上的配刀喝令牠離開，要牠自己逃走去過生活，可是，那隻大黑狗忠心耿耿，被趕走後並不遠離，在莫那魯道又一次與日本兵作戰後，牠用嘴巴叼了一頂日本警官的大帽子過來，丟在莫那魯道身旁，彷彿在說：「我的主人，你英勇善戰，真了不起。」

在糖廠與我親近的小黑狗，全身黑黝黝的毛髮正是台灣土產黑狗的模樣，牠的祖先就和《賽德克巴萊》電影中出現的那隻大黑狗同種族，強壯、忠心，最得主人歡心。我寫過很多小說，也有長篇小說《可憐花》改拍成電影，《賽德克巴萊》這部電影如果由我編寫劇本，我會這樣寫：

「霧社事件」四、五年後，莫那魯道被發現早已在深山洞穴中自盡，而

陪在他身邊的，是他養的那一隻忠心耿耿的大黑狗。」

不要像現在電影中敘述的這樣，莫那魯道最後一個人死在深山洞穴中，孤孤單單的，令人憐憫。

動物學家說，狗的遺傳基因會提醒牠，終其一生，要找到可以信賴可以依靠的主人，要忠心耿耿追隨在主人身邊，與主人作伴。我不知道現在跟我親近的小黑狗將來長大後會不會把我當作牠的主人？至少，希望小黑狗長大後，不管流浪到那裡去，都能在記憶中存下我的身影，記得曾有人類疼愛過牠。

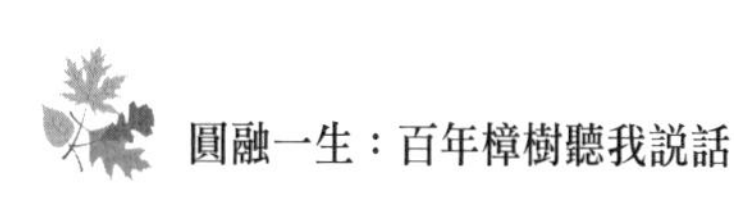

3. 松鼠

剛到糖廠來走路、運動的時候，常常被樹梢上的松鼠嚇一跳。清晨四、五點，路燈淺黃色的光亮朦朦朧朧，糖廠大部分角落幽暗不見五指。可是調皮的松鼠愛嚇人、捉弄人，常常從我背後的樹梢突然跳出來，快速攀住另一棵樹的枝葉消失不見，牠弄出來的聲響第一次就讓我停下腳步，胡亂猜測是什麼妖魔鬼怪？久而久之，弄清楚松鼠的把戲，才聽而不怕，見而不怪，反而擔心牠萬一抓不穩細小樹枝，倒掉下來，一定會受傷。

老樟樹，您高大粗壯，沒有細嫩枝枒，松鼠們不喜歡到您身上跳躍嬉鬧，牠們最喜歡的活動就是像深山裡的小泰山一樣，抓著細長樹枝在樹木間擺盪過來又擺盪過去，難得安靜下來。

小時候，在熱鬧的菜市場看見的松鼠不是如此活潑、快樂，牠們被擺地攤賣東西的小販關在鐵籠子裡，扁平、圓形的鐵籠子被高高掛著，籠子中間有一個靈活轉動的軸，松鼠站在軸上，很難站穩，稍微一動，那軸就運轉，牽動鐵籠子跟

著轉起來，這下子，松鼠更難保持平靜了，牠越想站穩，越抓著軸不放，軸就越動得厲害，鐵籠子也跟著不停轉動。

松鼠如此被折磨，必須小心翼翼、有技巧的控制好自己的動作，才能短時間平靜一會兒，休息一會兒。這樣的日子怎麼會好過呢？

擺地攤賣東西的小販讓松鼠不斷轉動鐵籠子來吸引大人、小孩圍觀，進而推銷他要賣的商品。真是把自己的利益建築在松鼠的痛苦之上，很不人道。

我長大後，有機會到印度旅行，當地的導遊安排我們坐大象遊皇宮。各國來的遊客很多，坐在高高的大象身上搖搖擺擺東走西走，欣賞印度特殊的由紅沙岩石建造的宮殿，大家都玩得很高興。

偶而一瞥，我看見大象大大的右耳邊傷痕累累，有些許鮮血滲出皮膚外，仔細看，才發現大象可能因為每天載客遊覽次數太多，疲倦之下，行動遲緩，腳步蹣跚，可是，牠的主人為了多賺一點錢，不讓牠多休息片刻，一直催促牠上工走路，發現牠精神不振快走不動了，便用尖尖的鐵桿戳牠右耳下的肉，戳到滲出鮮血，難怪大象有時候要發出低沉痛苦的吼叫聲。

晚上，大家在皇宮內部的餐廳吃飯，看見電視上反覆播出一集可愛的松鼠在

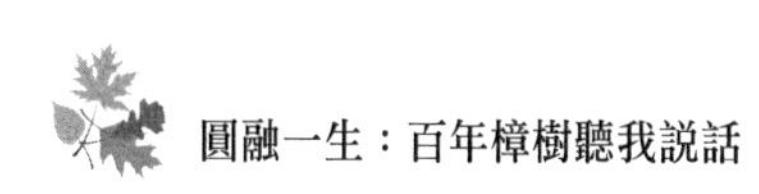

果樹下東張西望的畫面。印度話哇啦哇啦不知在說什麼？聽印度的導遊說明，才知道這是今年第一次在山上看到松鼠出現，預告大家，春天要來啦！

當天晚上很奇怪，做了一個奇怪的夢，夢見我在菜市場看熱鬧，有擺地攤的小販把松鼠關在鐵籠子裡，要牠不停的轉動鐵籠子，松鼠玩累了不想繼續翻滾，小販便用尖尖的鐵桿去戳牠屁股，很不人道。

從夢中驚醒過來，發現自己身處印度，卻夢見在台灣逛菜市場，把印度大象的遭遇套在台灣的松鼠身上了，不禁啞然失笑。

老樟樹，目前的台灣，山坡地被大量開發，林木一棵一棵被砍伐，大小動物失去棲身之處，被迫向民眾居住的地方移動，因此，像松鼠這種以前較少看見的可愛小動物，竟然也可以在相當接近市區的麻豆糖廠樹木叢中居住下來，不受干擾的幸福過生活，實在是牠們的福氣。像剛才，我從糖廠圍牆外的嘉南大圳小橋上走下來，竟然看見兩隻松鼠從竹子下鑽出來，一前一後走向嘉南大圳，順著斜斜堤岸上面長雜草的地方走下去，小心站穩後，開始慢慢的喝水解渴。發現我走近了在看牠們，牠們也不在意，安詳自在地在喝完水後走回糖廠中央的大片草坪，面對面蹲下來聊天。

「那個常常在大清早就被我們捉弄嚇唬的歐吉桑，正好奇地打量著我們呢！」

也許，兩隻可愛的小松鼠正如此談論我。

「ㄊㄧ、ㄊㄧ……ㄊㄧ、ㄊㄧ……」

有怪聲傳來，我抬頭一看，龍眼樹梢上一隻松鼠正一邊抖動渾圓的尾巴一邊發出「ㄊㄧ、ㄊㄧ、ㄊㄧ」的求愛信號。或許，看別人恩恩愛愛蹲在草坪上談天說地，牠可能想到自己孤孤單單的很不幸福，所以在努力求偶，希望早日結束光棍生活吧？

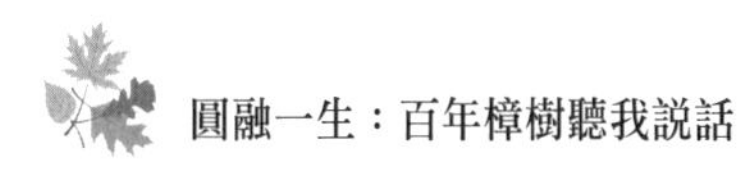

4. 小駝鳥

跟松鼠一樣，喜歡在大清早就嚇嚇我，跟我開開玩笑的還有小駝鳥。

小駝鳥的真正學名我並不知道，牠們的外表跟我們平常看到的駝鳥幾乎一模一樣，只是體型小很多，大概比母雞小一些，比鴿子大一些。我因此決定，就叫牠們是小駝鳥。

小駝鳥算是整個麻豆糖廠裡最大的鳥類了，大概因為這樣，養成牠們目中無人的傲氣，根本不怕什麼。常常在地面上抬頭挺胸逛來逛去，看到人也不躲避，碰到流浪狗有時還上前挑釁一番，逞逞英雄。

大清早，突然聽見怪叫聲，「嘎、嘎、嘎」，然後樹枝一陣顛動，有東西破空飛來，直接從我頭上飛掠過去，再得意的「嘎、嘎、嘎」大叫幾聲，那肯定是小駝鳥已經睡飽，出來活動了。

老樟樹，小駝鳥就築巢在您身上。我猜原因有二：

一、古人說：「賢才擇人而事，良禽擇木而棲。」小駝鳥自命不凡，不屑於

跟小麻雀、白頭翁等小鳥在龍眼樹、蓮霧等中小型果樹上爭地盤，自然而然要在高大強壯的您身上構建窩巢，養牠們的孩子了。

二、樟樹的樹葉和黑色果實會自然發出一種特殊的香氣，讓小小蚊蟲不敢接近，因此，小駝鳥棲身在您身上，日子便過得舒服、安心了。

我不是生物學家，不曉得物種的正確起源以及遷徙過程，但是，我猜想，像小駝鳥這種鳥類可能不是台灣的原始物種，牠們應該是外地移入的，是由南島語系的民族從菲律賓或印尼等島嶼往北遷徙帶進台灣來的。

目前已經證實，台灣有一部分原住民就是屬於南島語系的。

很久以前南島語系的民族往南遷徙，便成了澳洲、紐西蘭的毛利人。

大家都知道，澳洲的毛利人把小駝鳥帶到澳洲後取名為「ㄎㄧ ㄨㄟ」，和我在麻豆糖廠裡看到的小駝鳥不管外型、大小、羽毛色澤都是一模一樣的。因此，我才猜想，小駝鳥是由南島語系的民族帶著往南、往北遷徙定居的。

小駝鳥有一個特性，由雄鳥顧家，孵鳥蛋，養育小鳥，雌鳥則在外面覓食回來，順便在外面趴趴走。這和一般人認同的「男主外女主內」的生活模式完全不同。

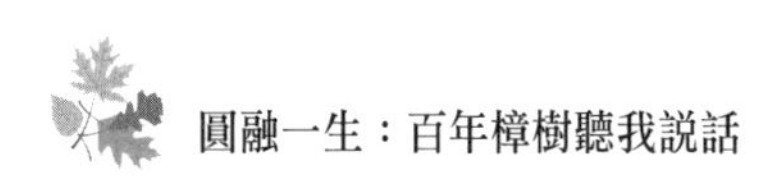

小駝鳥這樣的婚姻方式能長久維持下去，是個非常特殊的奇蹟。

在人類的社會，也有少數人想打破「男主外女主內」的生活模式，結果，多數失敗了，而且失敗得很慘。

我以前在「憂鬱症關懷協會」當心理輔導志工的時候，碰上一個中年人，他原是一家電子公司的工程師，遭逢經濟不景氣，公司減薪、裁員，他被資遣而失去工作。他過了十多年要輪值大夜班的生活，早已厭倦電子公司的工作壓力，一下子成了無業遊民，便輕鬆自在的在家裡洗衣服，整理房間，送小孩子上下學，去菜市場買菜，回家煮飯。空閒時間便躺在客廳聽音樂睡懶覺。

他的太太在公家機關上班，有固定收入，一家人的生活不必憂愁，可是，據她自己說的，忍耐三個多月後，終於忍無可忍，勸他出去找工作，不要整天遊手好閒，成為親戚朋友眼中的大笑話。

他找工作並不積極，拖了兩、三個月還找不到，太太發飆了，多次跟他大吵大鬧，還威脅著要離婚。

一看事情嚴重了，他到「憂鬱症關懷協會」來做諮詢，問意見。

我勸他一定要下定決心趕快找到工作，不然，婚姻可能真的保不住。

結果，他仍然高不成低不就的賦閒在家當「家庭煮夫」。過一段時間，偶然打聽到他的消息，真的已經離了婚，回鄉下與種菜的父母居住了。

老樟樹，您大概不知道，人類的婚姻很麻煩、很難維護的。像小駝鳥的社會就單純愉快多了，您看，公的小駝鳥帶著他孵育長大的小孩在我們面前散步、玩耍，當爸爸的精神抖擻講這個比那個，小孩子也「嘎、嘎、嘎」的學著說話表達意見，親子之間和樂融融，而雌的小駝鳥出外趴趴走，不知道飛到那裡去覓食了。大概，沒有親戚朋友笑小駝鳥陰陽顛倒、男女角色互換吧！

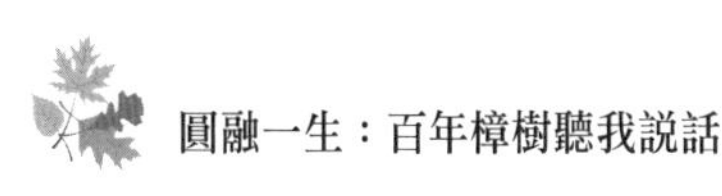

5. 夫妻樹

到麻豆糖廠來參加各式各樣藝文活動的外地人士，最喜歡在廠長宿舍優美深廣的日式庭院裡散步、聊天，圍牆邊一棵「夫妻樹」因此常常吸引大家駐足旁觀，好奇的談論不已。

「夫妻樹」由兩棵樹緊密糾纏在一起構成，在中央的是直直約有兩、三層樓房高的椰子樹，把它密密麻麻包圍著熱情擁抱著的是榕樹，榕樹原本有許多氣根，這些氣根本來是要往下插入地面吸取養分、呼吸空氣的，它們由上而下沿著椰子樹的樹幹自由自在快樂伸展，便彷彿是榕樹伸出手腳把椰子樹深深纏繞著，一生一世不願分離。

椰子樹和榕樹如此糾纏成了夫妻，在大自然界中非常少見，自然成了大家圍觀的對象。

老樟樹，我有一位以前在一起教書的老同事，他退休後，熱心的在麻豆糖廠擔任導覽志工，每星期有兩天負責引導前來參訪的遊客走訪糖廠各個引人入勝的景點。據他說，很多遊客聽了他的介紹後，紛紛與「夫妻樹」合影留念。一些年輕的情侶或恩愛的夫妻最喜歡依偎在一起站在「夫妻樹」前面照相，希望沾上「夫妻樹」的光彩，兩人的情感永遠不褪色起變化。

每一次從「夫妻樹」旁邊走過，我都忍不住多看幾眼，心裡浮起很多感觸。在台灣，我看過的被人津津樂道的「夫妻樹」有三種形態。

第一種，互相熱情纏綿的彼此纏繞，就像麻豆糖廠裡所見到的。

第二種，近距離站著，兩棵樹的樹梢互相糾纏在一起，樹枝、樹葉相依相偎，捨不得分離。

第三種，兩棵樹分別站立在道路兩邊，但是，奇妙的，樹幹互相吸引、傾斜，彷彿極力想抱在一起。雖然雙方的枝葉始終不能糾纏擁抱，卻給人一種相知、相惜的姿態，富有夫妻情緣。

這三種不同形態的「夫妻樹」，也可以拿來比擬人類社會中常見的夫妻相處狀態，第一種夫妻是朝夕親密相處，難分難捨。第二種夫妻是有適當的距離分隔，但是互相依賴，彼此照顧著過日子。第三種夫妻比較特殊，分隔兩地，各過各的生活，但是感情深厚不至於走上分離之途。

我以前在商職擔任心理輔導老師，女學生有兩千多個，我因此常有機會幫忙處理她們的感情問題。退休後，我在監獄擔任輔導志工，犯人的婚姻問題也常常要我幫忙提供意見，後來，我轉到「憂鬱症關懷協會」工作，很多人的婚姻狀況出了問題我也要幫忙分析處理。基於這些工作經驗，我對婚姻的瞭解算是相當深入，我認為，夫妻相處，第一種狀況並不是十分理想，反而是第二種和第三種形態比較切合實際，比較不容易鬧分居鬧離婚。

有的人佔有慾很強，認為一旦結了婚，夫妻二人就要像麻豆糖廠裡的「夫妻樹」，時時刻刻相依相偎，心靈契合，朝夕不可分離，所以，不允許配偶自由行動，表示不同意見。不幸的是，人容易喜新厭舊或見異思遷，也有個人的人格特質，不願意凡事聽人擺佈。一旦兩人結婚久了，不新鮮了，或是生活細節裡常鬧不同意見，爭吵不休，便有人想自由自在行動，不要朝夕相處。這樣婚姻就難以維持下去了，要分居要離婚了。

小小一個台灣島，人口才兩千三百萬人，根據內政部的統計，平均每一天有一百多對夫妻離婚。這些夫妻，如果彼此給對方一點空間，知道人的感情是容易起變化的，是會由濃轉淡的，不要處處膩在一起，不要時時強調恩恩愛愛，也許，

就不至於由愛生恨要鬧離婚了。

老樟樹，我以前在台南市的圖書館開一門課，專門講人生智慧給已經退休的中老年人做參考。有一個五十多歲的男人常常抱怨太太對他不好，兩人都退休後，他以為兩人可以自由自在、無拘無束，常常一起出外旅行，平常在家裡，太太也應該費點心思煮飯菜給他吃。結果，根本不是，太太忙著去社區大學上課，學舞蹈、畫圖、演話劇，跟社團同伴出國去玩，讓他自己一個人孤孤單單過日子。他心裡很氣，多次跟太太吵架，太太也不改進，苦惱之下，他好想離婚算了。

我安慰這個五十多歲的男人，凡事要看開點，懂得人情世故，夫妻在一起久了，感情疏遠，這是不可避免的，我們又不是什麼多才多藝的英雄好漢，那能讓太太珍愛、疼惜我們一輩子？所謂「少年夫妻老來伴」，年輕時候夫妻恩愛，甜蜜過日子，年紀大了，只能是一個友伴，就像站立在道路兩旁的兩棵樹，名為夫妻，其實各有空間，各人過各人的日子，只不過碰到什麼病痛、災難，知道互相照顧、扶持就好。

希望這個男人能接受我的提醒，自己也自由自在到處旅行，參觀展覽，聽聽演講，或是學一些有趣的才藝，好好打發時間。千萬不要吵著要離婚，給正在談

戀愛準備結婚的子女做了壞的榜樣。

6. 鬼臉大樹

有人說，天沒大亮前，不敢一個人到麻豆糖廠來走路做運動，因為，最裡面有一棵鬼臉大樹，那兇狠臉孔彷彿佛經世界中的暴怒羅漢，表情嚴肅的要批判人群中的惡徒。

老樟樹，我聽人說，這鬼臉大樹的學名是白樺，在中國大陸北方最常見，很不可思議的，它竟然生長在麻豆糖廠最裡面一條步道的旁邊，外貌威武、強壯，大約有四、五層樓高，樹幹灰白色，粗壯的主幹上出現猙獰鬼臉，約有普通人臉的四、五倍大，眉毛、鼻子、眼睛和嘴巴唯妙唯肖，十分醒目。我猜想，是白樺樹在成長過程中遭到碰觸，傷痕巧妙形成一張臉孔，或是白樺樹本身有病變，表皮龜裂，陰差陽錯的，佈局成人臉的五官，栩栩如生，使看到的人都在大吃一驚後留下深刻印象。

大清早，大多數人都還沉醉在睡夢中，我一個人在幽暗的糖廠裡走來走去，每經過鬼臉大樹，都好奇看上一眼。

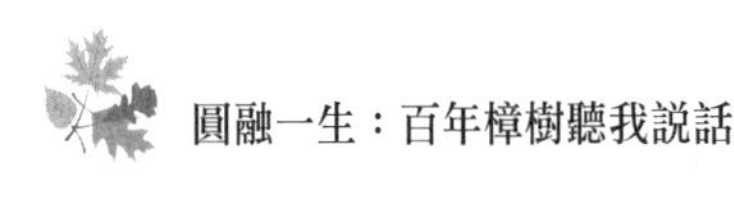

「鬼臉也在看我呢！」

心裡常常這樣想著。

記得第一次看到鬼臉，著著實實嚇了一大跳，當場後退兩三步，一顆心咚咚咚響著，手腳一陣冰冷，臉色一定很蒼白。

「平生不作虧心事，半夜不怕鬼敲門。」俗話是這樣說不錯，可是，捫心自問，世界上，那一個人沒做過一些虧心事啊？午夜夢醒，想起做虧心事時的缺德細節，誰不忐忑難安？所以，第一次看到鬼臉，說不驚慌失措是騙人的。

見過幾次，沒有什麼異狀發生，漸漸的，也就習以為常了。

我的作家朋友中，有一位年紀很大的，最近常常在電台講鬼故事，節目挑選午夜時刻又重播一次。我因為睡眠狀況不好，晚上常常整夜開著收音機，小聲收聽節目，好幾次聽到老朋友講的鬼故事，皆會莞爾一笑。

「您常講鬼故事，不怕孤魂野鬼找上您呀？」我問老朋友。

「我年紀這麼大了，」老朋友輕鬆聳聳肩膀。「可能不久就要死了，一死，就成了鬼，還怕什麼鬼啊？」

我無言以對，老朋友講得好像也很有道理。

有一陣子重看科幻小說大師倪匡的作品，記得好像有一篇故事是說一個精靈因為某緣故被囚禁在一棵大樹裡，這故事，倒啟發了我寫作的靈感。

老樟樹，去年有一家報社舉科幻小說比賽，我便以「鬼臉大樹」為主題，寫一篇小說去投稿。

我寫著，一百多年前，東海龍王執行玉皇大帝的旨意，命令一位大元帥去行雲佈雨，在清朝的年輕將軍袁世凱從朝鮮帶兵搭船回國途中，（早先袁世凱奉命帶兵去協助朝鮮抵抗日本人的侵略），要興起大風暴大海浪，讓袁世凱在大海上翻船溺死，以免他日後掌大權危害國家、人民。可是，這位大元帥貪喝美酒，誤了時辰，等他酒醒趕到大海上要興風作浪，袁世凱早已登陸上岸，向北京城趕路而去。

東海龍王暴怒，把大元帥打入一棵白樺樹的幼苗，又刮起颱風，讓白樺樹的幼苗飄飛去天涯海角，自生自滅。

這一棵囚禁著大元帥的白樺樹幼苗後來飄流到台灣，在麻豆糖廠僻靜的角落生長、茁壯。那糊塗大元帥常常在樹幹上露出表情悽苦的大臉，深深懺悔著。他自己知道，當年沒有溺死袁世凱，罪孽深重。因為，袁世凱後來逼孫中山先生在

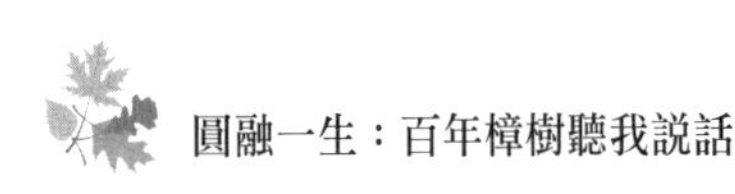

革命成功後讓出大總統的位子，他坐上大總統寶座後還不滿足，又恢復帝制，當了皇帝。袁世凱死後，他的部下紛紛爭權奪利，於是，軍閥亂世，戰爭不斷，人民生不如死，是人世間一大浩劫。

可惜我這一篇小說沒有得獎，大概，評審認為我編的小說匪夷所思、亂七八糟吧？

孔子勸戒我們，要敬鬼神而遠之。可見孔子認為世界上真有鬼神的。我平常演講給年輕人聽或寫文章給年輕人看，也常常強調，人如果不孝順自己的父母，那麼，拜神是沒有用的，相反的，也許要當心鬼怪來找麻煩呢！

按照民間一般的傳說，出生年月日時折算成的生辰八字，如果斤兩太輕，會容易碰上妖魔鬼怪。我自認自己不是福分厚重之人，所以，平常碰上下雨天打雷電時，我都盡量不出門散步或騎摩托車到處亂跑，以免被雷電打成重傷或劈死，被親戚朋友譏笑說，一定是平常幹了什麼壞事才會碰上這種報應。

就是這樣抱著敬鬼神而遠之的心理，現在大清早的從鬼臉大樹身旁走過，我都恭敬的行個禮，然後快快走過。希望，鬼臉大樹永遠不要把我這一號小人物記在心裡。

阿門，阿彌陀佛！

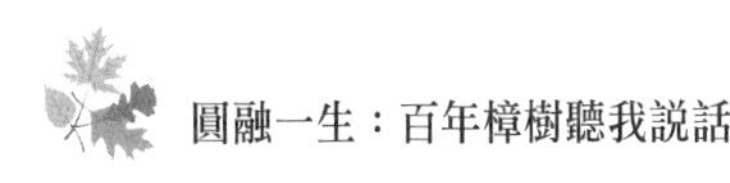

7. 竹林

竹子在高人雅士心目中是高雅的謙謙君子，庭院中種有竹子，便顯得不俗。廠長宿舍左前方，距離宿舍大約五十公尺，三叢竹子形成一小片竹林，高聳挺直，臨風搖曳，是一個吸引人的角落。

竹林前面有巧妙佈置的石塊，高高低低，彷彿是椅子，引誘走路走累了的人坐下來休息。

老樟樹，除了坐在您樹根上跟您說一些心事，我也愛在竹林前面的石塊上坐下來，抬起頭，魚肚白的天空有竹竿上的狹長葉子迎風飛舞，能夠使我的一顆心在剎那間超脫塵世變得空靈起來。

我平常最敬重大慈大悲救苦救難的觀世音菩薩，人們常把祂的莊嚴法相畫在竹林前面，因此，每當我在無常塵世中碰到什麼災難和迷惑難題，我就去向觀世音菩薩膜拜、禱告，祈求垂憐和開示。這時，抬起頭，就看到觀世音菩薩背後的金黃色竹林，剎那間，法喜和寧靜彷彿從竹林中湧現出來，包圍住我，使我減輕

焦慮和痛苦。

現在，清涼的晨間，我在糖廠的這一小片竹林前坐下來，很巧妙的，這一小片竹林正好也是高貴的金黃色，因此，我常在竹林前依稀看到觀世音菩薩的莊嚴法相，心中無比欣慰無上歡喜。

其實，早在五十年前，我就知道有這一小片金黃色竹林的存在。

初中上課時，有美術課，有一陣子，美術老師說要活潑化教學方式，便連續三個禮拜帶我們到麻豆糖廠寫生。包括我在內，有幾個男女同學都跟美術老師坐在這一小片金黃色的竹林前面，用水彩畫把眼見的美景畫在圖畫紙上。

我們美術老師姓熊，我們都暱稱他是「小熊」。聽說他是上海藝專的學生，民國三十八年，加入軍隊後跟政府一起來到台灣，退伍後，便到曾文中學的初中部來教美術。

熊老師很喜歡畫竹子。

有幾次上完美術課，我以班長的身分幫老師把教具搬回他分配到的一間宿舍，發現他有幾張用毛筆畫的作品，畫的就是竹子。

學期末，他送我一小幅毛筆畫的竹子做紀念，上面龍飛鳳舞寫了幾個字：

竹解虛心是我師

熊老師摸摸我的三分頭，鄭重其事告訴我：

「竹子的中心是空的，一節一節，彷彿他懂得做人要謙卑，要講究人格、氣節，所以，他可以當我們的模範，當我們的老師。」

很可惜，我把熊老師送我的這一小幅竹子畫放在我書桌上，有一次碰上大風大雨，畫被吹走，泡在水裡，就弄壞了。

更可惜的是，熊老師在我升上初三時離開學校，從此消失無蹤。

原來，單身的熊老師常去小鎮上一家文具行購買作畫原料，認識文具行老闆的女兒。兩人互有好感，很快的成為一對戀人。

可是，老闆是很保守的鄉下人，在當年的環境下，南部鄉下人對「外省人」有一種成見，老闆堅決反對女兒嫁給熊老師。

誰也沒想到，那女孩子因此在自家後院上吊自殺，以此抗議他父親的愚蠢心態。

熊老師心灰意冷之下，竟辭職而去。

老樟樹，事情沒有就此結束。

兩三年前，我去鄰近的學甲鎮辦事情，中午十一點多的時候，感到肚子餓，停下摩托車，正好看到一家麵食店，我便進去叫了十五個水餃和一碗酸辣湯。

偶然抬頭，在壁上發現一幅裱裝精美的圖畫，畫的是竹子，飄逸瀟灑，栩栩如生，旁邊題了七個字：

竹解虛心是我師

嘿！我心中一陣驚訝，這七個字對我來說太熟悉了，因為那是很多年前一位愛畫竹子的美術老師常常提到的一句話。我立刻搜索圖畫左下角的作者署名。果然不錯，有一個「熊」字，應該就是失去音訊的熊老師了。

我向老闆娘打聽這幅畫的作者？跟我年齡相近的老闆娘感傷的說，畫是她姑姑留下來的，很久以前，她姑姑愛上一位美術老師，可是他是大陸流亡來台灣的，家人反對兩人在一起，姑姑受不了這個打擊，憤而上吊自殺，只留下她戀人送的這一幅竹子畫做紀念。

我向老闆娘說，我也稍微知道這一段悲慘的往事，因為，那熊老師正是我初中時的美術老師。

心中塞滿太多感傷，我差點吃不完盤中的水餃。

熊老師大我二十歲左右，如果還健在的話，應該八十五歲了。白髮蒼蒼，在那裡定居呢？沒想到多年後我在距離麻豆八、九公里外的一家小餐館看見他早年送給戀人的作品，他應該還記得這一個多情的女孩子吧？

二〇一一年十二月二十二日，冬至。

強烈寒流來襲，狂風怒吼，天氣冷颼颼。大清早的，我走過小竹林兩次，那竹竿與竹葉在寒風中互相摩擦，發出聲響：

伊伊呀，酸酸，

伊伊啊，酸酸酸。

這聲響，像極了在哀悼多年前熊老師與女友的悽悽慘慘戀情。聽在我耳裡，酸楚在我心中。

8. 愛吃肉片的大肥狗

麻豆糖廠大門口附近有兩家早餐站，方便左鄰右舍解決早餐問題。每天，我也固定的在做完運動後順便購買家人指定的早餐帶回家。因為這樣，就與一隻大肥狗變成好朋友。

大肥狗體型巨大，淺棕色皮毛，敦厚逗趣的臉孔，使牠看起來平易近人，不至於使人害怕會被牠欺負、攻擊。

我常在早餐店對面一棵樹下看到牠，牠好像對早餐店老闆娘又煎又煮的動作很感興趣，看得津津有味。有時候還伸高鼻子，眼睛半閉，彷彿在用心品嚐什麼可口美味。

老樟樹，我在糖廠裡走路，也常看到這一隻大肥狗甩著美麗的花色尾巴到處閒逛，淘氣地在牠感到有趣的地方停下來，蹺起後腳跟，痛快的灑一泡尿。

有一次，我向早餐店買兩份漢堡。在等候老闆娘煎肉片時，察覺褲管被什麼東西拉著，低頭一看，是大肥狗在咬我的褲管。

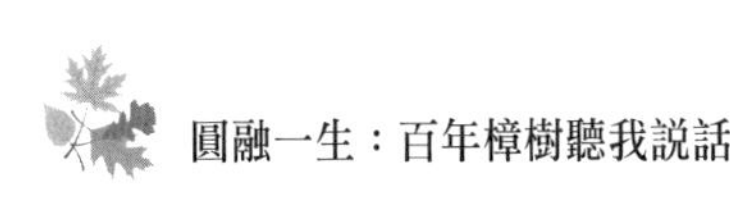

「喲！這隻狗胖得真好看。」我忍不住彎下腰，伸手撫摸牠額頭。

老闆娘瞄牠一眼，說：「是一位中年人養的，聽說那一位中年人最近失了業，到處忙著打零工賺錢，大概常常忘了給牠東西吃，所以最近比較容易看見牠跑到這裡來，好像聞到什麼香味，想找東西吃。」

「原來是這樣，看起來有一點可憐呢！」我吩附老闆娘把煎好的兩塊肉片先給我，再往上面吹吹風，讓肉片溫度涼一些，然後把肉片放在大肥狗前面。

大肥狗顯然受寵若驚，張大眼睛，向我點點頭，然後趴下來，開始吃那兩片香噴噴的肉。

等大肥狗吃完肉片，我拿著兩份漢堡和飲料準備走開，忍不住又伸手摸摸大肥狗的額頭，牠開心地一直搖尾巴。

從那一天起，大肥狗就認定我是牠的好朋友了。我們大清早在糖廠裡碰面，牠一定跑過來，跟前跟後陪我走一段路。如果牠恰好在早餐店前看見我，就高興地衝過來，我就多買兩片熟肉給牠享受享受。

有一次我在大肥狗陪伴下走過一位畫家在糖廠的作品展示廳，室外一幅古代詩人樹下品茶的宣傳海報使我莞爾一笑，想起來一件有趣的事：

明代大詩人也是大畫家唐伯虎，曾在大雪天出外訪友，路過一亭子，便坐下來避一避風雪。不久，兩個中年人也走過來休息，兩個人自命是才高八斗的詩人，看見有一隻白狗、一隻黑狗從亭外走過，便忍不住在唐伯虎面前賣弄起來。有一人看見黑狗背上沾滿白色雪花，便大聲吟道：

「黑狗身上白。」

另一人也自認高雅的指著沾滿大雪的白狗說；

「白狗身上腫。」

兩人不知唐伯虎身分，問他，兩人的詩做得如何？

唐伯虎忍不住哈哈大笑，當然知道兩人的詩句粗俗而已，卻也不便掃興的說：「貼切，貼切！」

想到這裡，我順便摸一摸大肥狗的雄厚背部，向牠說：

「大肥狗，你渾身是肉，冬天不怕冷，所以不必像其他的狗一樣在冬天穿上衣服，但是要小心，不要在寒冷的天氣裡被粗俗的人抓去宰了吃，當作在吃補。」

大肥狗沒有在寒冷的冬天被愛吃狗肉的人抓去，倒是走了桃花運，交了一位漂亮的女朋友。牠的女朋友全身淺黃色，體型不小，大約有牠的三分之二大。脖子上掛有一條皮圈，顯示牠曾經是有主人的，只是不知道什麼原因，離家出走，成了麻豆糖廠裡的一隻流浪狗。

這隻淺黃色的漂亮母狗，因為跟大肥狗很要好，我每次看到牠，就戲稱牠是「肥太太」，是大肥狗太太的意思。牠聽慣了好像也蠻喜歡這綽號，每次聽見我叫牠，也會高興地搖著尾巴跑過來，兩隻前腳搭上我的膝蓋，撒嬌一番，大肥狗最喜歡和牠女朋友在草坪上嬉戲、玩樂。有一次大肥狗背部癢，便躺在草坪上左右翻滾、磨擦，那摸樣十分滑稽。後來，牠側躺著，牠的女朋友就伸出前腳在牠背上又推又擠的，好像在幫牠抓癢，真是夫妻情深。

二〇一二年元旦假期，前一天晚上，全台灣籠罩在強烈寒流當中，各地方卻皆有熱鬧、盛大的跨年晚會，煙火放得耀眼奪目，藝人載歌載舞，民眾歡樂過年，估計，全台灣大約有二百萬人通宵玩樂，精神好得好。

我是個跟不上時代的鄉下老人，依舊早睡早起，依舊在清晨四點半就到了麻豆糖廠。從北邊大門進入，往裡面走。老樟樹，我打算先走到您面前向您拜個年，大肥狗卻突然從黑暗中竄出來，放聲吠叫，一直叫個不停。

「大肥狗！」我雙手揮動，示意牠安靜下來。太怪異了，大肥狗看到我從來不大聲亂叫的。我走近牠，問牠：「你怎麼啦？」

大肥狗咬住我的大衣，用力拉，牠好像急著要把我拉向糖廠東邊的側門。

「什麼事啊？」我跟在大肥狗後面。

天啊！側門外面，馬路當中，一隻淺黃色大狗倒在地上。我認得那是「肥太太」，立刻衝到牠身邊，發現牠頭部流血，兩眼僵硬，已經死了。

「嗚……」大肥狗蹲下來，發出哀鳴。

我伸手摸摸「肥太太」，體溫依稀存在，好像剛死沒多久。

大概是光線不好，急著趕路回家的人開車經過，精神又恍惚，沒看到「肥太太」正好走過馬路，所以，把牠撞死了。

「倒在這裡，如果又被路過的車子重複輾過，就太可憐了。」我想著，立刻把「肥太太」抱起來，走回糖廠，走到一棵玉蘭花樹下，才把牠放在樹根邊。

大肥狗向前用鼻子嗅一嗅牠的女朋友，彷彿在安慰牠；已經離開大馬路了，不用怕再被車子壓到，放心吧！

我摸摸大肥狗的頭，說：「先把牠放在這裡，因為今天是元旦假期，來參觀

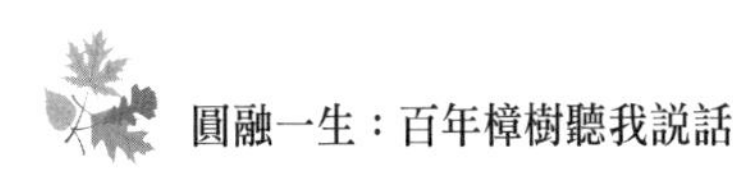

藝文活動的人一定很多，也有很多志工會來幫忙，大家看到牠倒在這裡，會妥善處理的，你放心好了。」

大肥狗尾巴甩一甩，表示明白我的意思吧！牠很聰明，碰到這種災難，懂得向我求助，把牠女朋友的屍體抱離大馬路。

隔天，我走近那棵玉蘭花，只看見大肥狗趴在樹下，牠女朋友的屍體已經不見，應該是被妥善處置了。

我坐下，大肥狗把身體靠過來，我們默默無語。

9. 母貓、小貓

二〇一二年元旦假期過後，我進城看了一部美國出品的卡通電影——《鞋貓劍客》，那隻武功高強、聰明伶俐的大貓，頭戴船形帽，身穿獵人服裝，腳著高級皮鞋，出生入死，縱橫無敵，令人看了大呼過癮。

傳說，四、五千年以前，埃及人信仰的神明當中有一個就是貓，甚至於說，貓類曾經統治過地球。看過《鞋貓劍客》這部電影之後，很多人可能會喜歡這種傳說。

老樟樹，台灣的電視報導過，有算命師專門替動物看相，曾經有一位年輕小姐抱她的寵物貓去算命，花了一千塊錢，算出來她養的貓前世是英國的貴族。這位小姐快樂極了，連說好準真準，怪不得她養的貓一定要最名貴的罐頭才肯吃，而且，平常要穿漂亮的衣服。

比較之下，我覺得麻豆糖廠裡的流浪貓——母貓和牠的兩隻小貓，日子就過得極其辛苦。

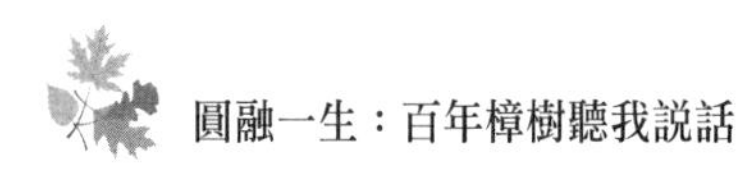

首先，貓必須躲避流浪狗的追逐、攻擊。有幾次，大清早的，母貓剛出來翻垃圾筒尋找食物，被狗發現，狗立刻吠叫狂追，母貓拔腿就跑，差一點被撲到時，母貓及時一個大跳躍，跳上路旁大樹，才勉強逃過一劫，真是令我替牠擔驚受怕。

好像是從去年夏天開始吧？母貓把摩托車停車棚頂上一個鐵片造的垃圾筒當做窩巢，（這垃圾筒可能是善心人士特別放上去，用來保護貓的），可以養兩隻小貓，遮風又蔽雨，也不怕流浪狗找上門。

星期一到星期五，來麻豆糖廠參觀藝文活動和歌舞表演的遊客很少，貓很難從遊客丟棄的垃圾中找到勉強可吃的食物，猜想，母貓和兩隻小貓可能常常要餓肚子。只有星期六和星期天，遊客多，垃圾多，流浪狗容易找到食物吃，母貓和兩隻小貓也可以多吃一些東西。

幸好，一位老婦人成為三隻流浪貓的貴人。

老婦人年紀跟我差不多，也是早睡早起做運動的人，清晨五點多，她就進麻豆糖廠來了。

「喵——喵——」

老婦人走到摩托車停車棚附近，便開始大聲呼叫母貓和兩隻小貓。等牠們

一一現身，老婦人打開她拿在手上的塑膠袋，放在地上，三隻貓就開始享受塑膠袋裡的食物。

因為這樣，三隻貓可以盡可能吃飽，度過野外流浪的艱苦日子。

一個溫暖的午後，我應藝術家朋友邀請到麻豆糖廠參觀他的陶製日用品展覽，事後，我在糖廠裡散散步，走過摩托車停車棚，抬頭望去，看見棚頂靠近一棵蓮霧樹的角落，母貓正靠著鐵片造的垃圾筒在睡午覺，睡得過癮極了，竟然四腳朝天呢！牠琥珀色的皮毛在溫暖陽光下閃閃發光，給人一種幸福的美好感受。

兩隻小貓則偎在母貓身邊，一隻琥珀色，一隻花色皮毛，也都瞇著眼打盹。仔細看，眼睛成一直線，可是嘴唇微微張開，彷彿睡夢中正開心微笑著。

母子三貓這一幅幸福、滿足的生活畫面，讓我留下非常深刻的印象。

老樟樹，我們人類的社會有一句俗話：

「天有不測風雲，人有旦夕禍福。」

貓，雖然不是人類，卻生活在人世間，自然也難逃旦夕禍福的命運。

一連多天炎熱的天氣，激來連日暴風雨。大雨中，我們老人家自然有三、四天不敢出門做運動。

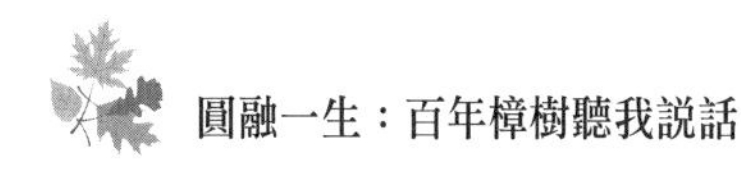

雨一停，大清早的，我立刻走到麻豆糖廠活動活動筋骨。

才大踏步走一圈，意外的看見以前每天來餵貓的老婦人蹲在地上看著什麼？我好奇走過去，看見那隻琥珀色母貓躺在路邊，一動也不動，兩眼突出，一直睜著不閉上，彷彿牠放不下世上一些讓牠牽掛的事情。

「好可憐，大概死了有一段時間了。」老婦人伸手摸母貓的頭。

「怎麼會突然死了呢？會不會是餓死的？」

「有可能，我三天沒來看牠們了，兩隻小貓倒是還活著，此刻正躲在窩裡呢。可能是母貓自己捨不得吃東西，把東西留著給小貓吃，牠自己冒著大風大雨到處找食物淋到雨，受了風寒，或是衰老生了病，就死了。」

老婦人說著，把她脖子上一條薄薄的圍巾拿下來，用它把母貓包起來，抱在懷裡，看了看方向，往摩托車停車棚走去。

摩托車停車棚後面有一處荒廢的菜園，老婦人告訴我，她先生以前是糖廠員工，分配有宿舍居住，糖廠廢棄後，員工都搬走，宿舍也拆了，但是，她以前種菜的園子還在，泥土鬆軟，她請我用掉落的粗樹枝挖一個洞，好把母貓小小的屍體埋起來。

我把母貓屍體埋好，老婦人蹲下來，說她要唸一遍佛教的「往生咒」，替母貓送行。

我找來以前宿舍拆掉時留下來的一塊水泥板，把它蓋在母貓平平的墓穴上面，免得一些流浪狗聞到屍臭味會過來亂挖亂扒，驚擾到母貓的安眠。

二〇一二年一月十四日，寒流吹拂下，台灣人選舉總統，馬英九連任成功。

隔天一大早，我在糖廠大門口遇見老婦人。她臉上堆著笑容，手上拿一個籃子，快樂的告訴我；她先生因為最近寒流一波波來襲，患了嚴重的感冒，在床上躺了兩、三天，因此體會到，糖廠裡那兩隻已經沒有母親照顧的小貓處境一定很可憐，便改變以前反對太太在家裡養貓的想法，同意太太把兩隻小貓帶回家照顧。

我和老婦人在摩托車停車棚附近找到兩隻餓肚子的小貓，老婦人先拿煎好的兩小段虱目魚給牠們吃，吃完了，趁牠們親熱磨蹭老婦人的小腿時，老婦人把牠們一隻一隻抱著放進籃子裡，扣上蓋子。

「我們回家囉！」老婦人開心的跟我揮揮手。

我點點頭，心裡很為兩隻小貓感到欣慰。畢竟，在糖廠裡繼續過流浪的日子

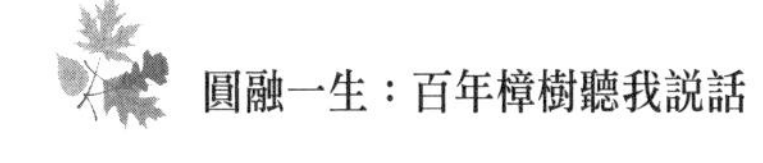

命運難卜，可能凶多吉少，能夠跟有愛心的老婦人回家，吃飯有定時，睡覺有安全溫暖的小窩，幸福如神仙哪！

10. 小火車頭

糖廠大門口內側，古色古香的守衛室後面，放置一個退休養老的小火車頭，朦朧夜色中我從它身旁經過，錯覺之下彷彿可以看見它晃動起來，上面的煙囪噴出白色蒸氣，汽笛響著「嗚——恰恰，嗚——恰恰——」，由慢而快，小火車頭拉著五、六節車廂，上面也許載著乘客，也許放著剛採收的製糖甘蔗，搖搖晃晃跑過荒郊野外。

這景象，是居住在遼闊的嘉南平原上，中年以上的人都曾經看過的，是一種很美好的少年時代的記憶。

老樟樹，我第一次坐上糖廠的小火車，是十六歲，剛剛在台南一中唸高一。每天早上一大早的，我由麻豆鬧區的家裡出門，搭上糖廠的小火車，那小火車啊！噴出白色蒸氣，噴得高高的，又拉得長長的，把魚肚白的天空切開了，讓太陽露出臉來。

大約十多分鐘以後，小火車抵達麻豆糖廠站，停個兩三分鐘，讓住在糖廠附

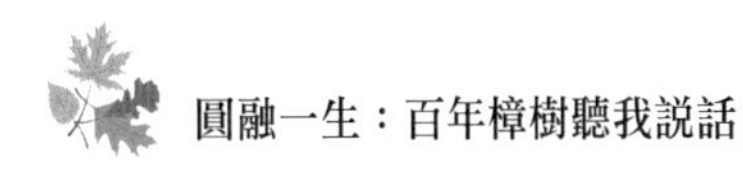

近以及糖廠宿舍裡出來的男學生、女學生上車，大家一起坐到八公里外的隆田火車站，在那裡，換上南下的大火車，進台南市唸書。

傍晚，我們又從台南市搭不同時間開出的大火車回隆田，等候一會，再坐上糖廠的小火車，夜幕低垂中，回到麻豆的住家。這樣的勞累奔波生活，整整有三年。可以說，糖廠的小火車載著我美麗夾雜著哀愁的種種夢境，使我長大成為一個年輕人，然後，我到台北上大學。

記得是高二那年冬天的事，有一天早上溫度很低很低，我躲在溫暖的被窩裡很舒服，睡過頭了。驚醒過來，一看時鐘，慘啦！匆匆洗一把臉，抓起書包便往外跑。可是，氣喘吁吁衝進麻豆鬧區的小火車站，只能眼睜睜看著清晨第一班的糖廠小火車冒著白色蒸汽駛離而去。

我放開胸腔，深深吸一口氣，決定跑步追上那一班小火車。

追呀追，我的嘴巴也像小火車的煙囪一樣冒出白色蒸汽了，卻始終追不上它。但，也沒有被它拉開了距離。

累得半死，感覺上自己快要昏過去了，幸好，已經看見麻豆糖廠高聳的大煙囪。我露出苦笑，知道自己和小火車即將抵達麻豆糖廠。在那裡的月台上，小火

車會停個兩、三分鐘等候部分乘客上車，我就可以坐上去了。

喘著大氣，我放心的跳上最後一節車廂，很多人是一路看著我追上來的，連忙恭喜我終於追上小火車。

「你呀！下一次可以報名參加校運的三千公尺賽跑啦。」

「一定可以衝進前三名，說不定還可以得到冠軍。」

「真是好樣的，有今天這樣的好腳力，怎麼會追不上台南女中的女朋友呢？」

大家紛紛糗我，笑成一團。

我只能乾瞪眼，跌坐在座位上，一直喘著氣，根本不能開口說話。

平常，我當然也看過別人追小火車，只不過，主角並非與我年齡相近的高、中職學生，而是七、八歲的小朋友。在那個經濟困窘的年代，小朋友沒什麼零錢買零食吃，小火車上載送的要進糖廠製糖的白甘蔗，就成了小朋友眼中的絕佳獵物。每當那「嗚——恰恰，嗚——恰恰」的熟悉聲音響起，住在鐵路沿線的小朋友就知道有小火車要經過了，便開心的跑著追上來，趁管理員沒注意，或是小火車上並沒有管理員，他們便敏捷的接近小火車，挑上中意的白甘蔗，快速抽出兩

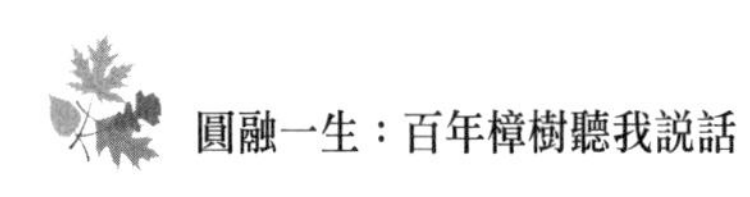

根或三根，等小火車通過了，小朋友抱著那些白甘蔗一呼而散，個個笑得合不攏嘴。

老樟樹，那年，小火車上也發生過一件不幸的事。

一個高二的男孩子，因為學業成績不理想，擔心會留級，丟了自己以及父母的面子，日夜苦惱之下，得了憂鬱症，有一天放學回來，當我們搭乘的小火車經過曾文溪支流上一個高高的橋樑時，他一躍而下，企圖溺死自己。

幸好，小火車上的管理員聽到我們的驚叫聲，馬上呼叫司機停車，他和兩位熱心的乘客立刻下車救人，費了好大力氣，才把那個差點溺死的男孩子抱上來，再送他去醫院，把他從鬼門關前面救回來。

這件事情上了報紙，男孩子的老師有人心軟，給他補考的機會，讓他僥倖升上高三，順利畢業，考上一所以農科見長的國立大學。

多年後，這個人成了知名的農業專家，曾經多次奉派到外國去指導知識落後的民眾種植經濟作物，改善貧窮的生活。

這樣一個有用的人，相信他回麻豆故鄉時，有可能在糖廠大門口內側看到小火車頭，或是在午夜夢迴，想起他坐過多年的小火車，以及跳下小火車企圖溺死

自己的往事。一定，感慨萬分吧！

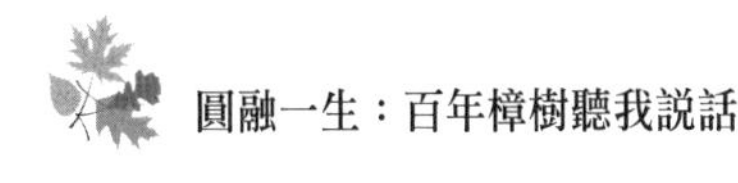

11. 搾甘蔗的石車

糖廠自然是搾甘蔗汁來製糖的地方。

麻豆糖廠在清朝時候叫「蔴荳糖廍」，「糖廍」是古人稱呼製糖的部落，而「蔴荳」這兩個字是麻豆的古名，是平埔族人取的，它的意思是「眼睛」，好像古時候的平埔族人認為住在麻豆這個地方可以透視很多東西似的。

老樟樹，「糖廍」怎麼製糖呢？根據文獻記載，工作人員事先要用水泥加碎石塊塑造成車輪形狀的石車，每一個高約五十公分，重達四、五十公斤，中間有凹痕，插入木栓，可以兩個銜接在一起，把適量的製糖用白甘蔗放在兩個石車當中，利用力大無比的水牛慢慢繞著小圈子打轉，拉動石車跟著轉動，便可以搾出甘蔗汁。把甘蔗汁集中在一起，經過加熱、過濾、成形等等手續，一粒一粒晶亮美麗的砂糖就出現了。

清朝衰敗，在中日甲午戰爭之後，日本人佔領台灣，日本的機械工業是當時數一數二的，他們利用新的機器在麻豆糖廠製糖，那笨拙無用的石車就被淘汰了。

現在，麻豆糖廠一些僻靜的角落，還可以看到幾個年代久遠已經廢棄不用的石車，成為庭園中的裝飾品了。

大清早，我有時候走累了，會在這些被廢棄的石車上坐一會兒，休息一下。

這些石車其實大有來歷，它們曾經參與過與麻豆歷史變遷、宗教興盛有關的大事件。

清朝初年，「蔴荳糖廍」北邊約一百公尺的地方，是一個小船可以出入的碼頭，當時，從中國大陸福建省開出來的大帆船，經過澎湖列島之後，會駛進台灣島的安平港，卸下來的一部分貨物，由比較小的船隻載著，慢慢駛到麻豆碼頭，所以，那個小小的麻豆港灣附近，當年非常熱鬧，是風水地理師十分稱讚的人傑地靈之處。

據說，清朝的大臣偶然站在北京紫禁城往東南方向遠眺，發現黃雲籠罩瑞氣千條，因此判斷，台灣這個地方可能出現真命天子來與清朝皇帝爭天下，於是奏請皇帝，必須派人到台灣島來找到龍鳳吉穴，想辦法加以破壞，杜絕真命天子誕生。

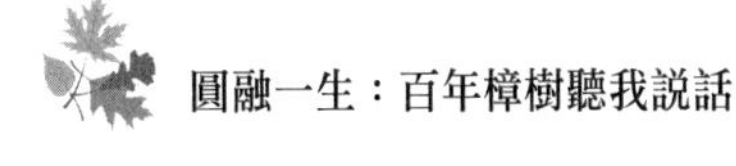

清朝皇帝派出來的地理師在台灣島上找來找去，最後發現龍鳳吉穴就是麻豆港灣，立刻召集地方官吏，收集糖廍用來搾甘蔗的笨重石車，加上農人下雨天穿的棕簑，再淋上宰殺大量黑狗所得的鮮血，一起塞進麻豆港灣，堵住水流，破壞風水。

當時，麻豆港灣附近有農民建造的小廟，供奉李、吳、池、朱、范五位神明，他們原是唐代的英勇將軍，死後成神，號稱「五王」，有大陸來台灣墾荒的人把「五王」神像恭請到台灣來，保佑麻豆地區人民安居樂業，人丁興旺，所以，「五王」非常受到麻豆地區人民的愛戴。

可是，麻豆港灣的好地理被破壞，不久，農作物欠收，飢荒連連，瘟疫流行，居民死的死逃的逃，原本熱鬧興旺的地方便沒落了，荒涼了，供奉在小廟裡的「五王」也待不住，在一次大水災中，「五王」神像隨洪水漂流，一直漂到北門鄉的海邊沙洲上。經過一段時日，當地居民為「五王」集資蓋廟，逐漸擴充巍峨殿堂，成為全國有名的觀光勝地——南鯤鯓五王廟。

我唸國小的時候，麻豆街上突然傳出轟動的大消息。一個住在古代麻豆港灣附近的老農民忽然無緣無故像乩童一樣起乩，他告訴大家，神威赫赫的「五王」

指示，麻豆地理要復甦了，要大家趕快在從前港灣碼頭的地方深深挖下去，把那些破壞掉地理靈氣的搾糖石車、棕簑挖出來，以後，「五王」將從北門鄉的南鯤鯓搬遷回來麻豆。

起初，大家半信半疑在神明指定的地方開挖下去，結果，大批搾糖石車和巨大樹幹被挖起來，（巨大樹幹是「五王」指示要用來建造新廟的，）消息造成大轟動，遠近民眾都跑來觀看，也有人熱心加入挖掘的行列。

老樟樹，不瞞您，我父親在菜市場賣魚，有一天下午，他也帶我一起去幫忙挖掘、搬運東西。他說，希望神威赫赫的「五王」念在我們也盡了一點心意，保佑我將來唸書不要太愚笨。

破壞麻豆碼頭地理的不吉祥之物不斷被清理出來，被居民尊稱為「龍喉」的吉穴開始湧出清澈的水來，有地方父老用大容器把水裝著擺在大樹下供民眾飲用，可以解渴，也可以治病去污穢之氣。在五、六十年前的時候，衛生觀念尚未普遍建立，資訊傳播工作也沒有現代這麼發達，地方父老宣傳的「五王」顯靈，「龍喉」湧出之水可以治病強身，很多人是相信的。至少，我跟父親都喝過那些水。

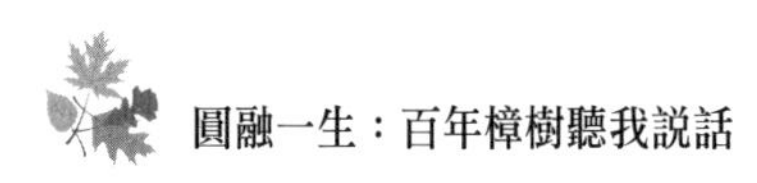

很奇妙的，有一天，父老用來裝「龍喉」清水的大容器突然在底部出現一個字，是「完」。

我好奇跑去看，真有一個「完」字，是水中的少許泥沙沉澱形成的，字跡龍飛鳳舞，很好看呢！

地方父老說，這是「五王」指示，破壞吉穴的不祥之物都挖完了，可以開始為「五王」興建廟宇了。

如今，麻豆五王廟高聳威嚴，香火鼎盛，每三年一次的大拜拜熱鬧非凡，吸引各地方民眾前來參拜參觀。

如今，我已是六十五歲的白頭老翁，坐在麻豆糖廠僻靜角落的一個沉重石車之上，撫摸它被歲月摧折而剝落一角的地方，不免在種種感嘆後想起漢朝大將軍曹操的詩句：

對酒當歌，
人生幾何！

12. 送別老榕樹

那一陣子，每次走進麻豆糖廠，只要一看到高聳站立在二樓磚造行政管理中心正前面的老榕樹，心裡便疼痛起來。

老榕樹估計也上百歲了，大約有三層樓高，枝葉覆蓋很廣，卓然獨立，是許多人心目中的糖廠地標。但是，它似乎已承受不起病痛的折磨，樹枝逐漸下垂，樹葉枯黃的越來越多，彷彿隨時可能在強風吹襲和烈日曝晒下傾倒下去。

負責照顧老榕樹的糖廠志工當然很難過也很焦急，商請大學的植物病理教授來診斷，確定老榕樹得了什麼立什麼枯的病，（專家學者講的名詞我們老百姓常常聽不懂也記不起來），於是，糖廠不惜費用，展開老榕樹的救治計畫，由醫護人員在老榕樹身上打點滴，日夜不斷，希望能改善它的體質，繼續長壽活下去。

那一陣子我所看到的老榕樹，身上掛滿瓶瓶罐罐，也包了很多濕濕的稻草，很像是醫院裡病床上躺著的衰老病重患者。所以，每一次看到它，我便心裡一陣疼痛。

老樟樹，我年紀大了，感情變得脆弱，每次看到有生命病痛衰老，往往十分感傷。最近一次非常大的震憾與傷痛，是出外旅行時在台中月眉糖廠圍牆外看到的景象，兩棵樹齡超過一千歲、非常巨大的樟樹，竟然也宣告染上重病，可能死亡。

樟樹能活到一千歲，我根本無法想像，大概，這是全台灣最高齡的樟樹了，可以說是老樟樹您們的列祖列宗吧！

那兩棵巨大樟樹，樹幹大約有大象的肚子那麼龐大，先是斜斜臥在地面，然後兩棵樹的枝葉、軀體互相纏繞往上空伸展，有四、五層樓高吧！真是偉大壯觀，令人肅然起敬。

當地人在樹旁蓋有小廟，日夜有人參拜上香，表達人類對大自然界活上千年的奇妙生命的敬佩與崇拜。

這樣高齡的奇妙生命，傳出染病即將枯死的消息，自然震驚四方，有關人士立刻展開救治行動。據估計，要搶救這兩棵千年樟樹，經費需要兩百萬元，所以，地方人士在小廟前豎立公告木牌，呼籲大家慷慨解囊，解救老榕樹。因此，我也虔誠的在樂捐箱裡投下兩百元，略盡心意。也祈禱著，老天保佑這兩棵巨大樟樹

再活個一千年。

很令人遺憾，麻豆糖廠裡患了重病的老榕樹終究逃不過大限劫數，在枯葉全部落光之後，專家學者向大家宣佈，它已經走到生命盡頭。

負責照顧老榕樹的志工們在報上刊登消息，要為老榕樹舉辦溫馨的送別儀式。

那天早上九點開始，志工們先在老榕樹下排好桌子，圍上紅布，上面放了美酒和祭品，大家一一上香為老榕樹祝福、送別。

祭拜過後，由國中生組成的管弦樂隊演奏音樂，再由國小唱詩班的小孩子以童稚口音為老榕樹朗頌詩歌。他（她）們天真無邪的腔調正好突顯老榕樹歷盡風霜的艱難歲月，聽在我這個自紅塵中打滾過來的老人耳中，感觸特別深。

我腦海中出現一幅景象，二十五年前，我在家中送別去世的母親，由於她高齡八十，按照民間習俗，我在家中掛上粉紅色布條，提醒自己，母親雖然一生勞碌辛苦，但是她晚年有兒子照顧，孫子陪伴，衣食無缺，應該算是好命的，所以，我不要哭泣送行。可是，佛經頌唸當中，姊姊為母親穿上壽衣，主持儀式的人給我一個裝了溫開水的玻璃瓶子，叫我把它塞進母親手中，方便她歸返天國途

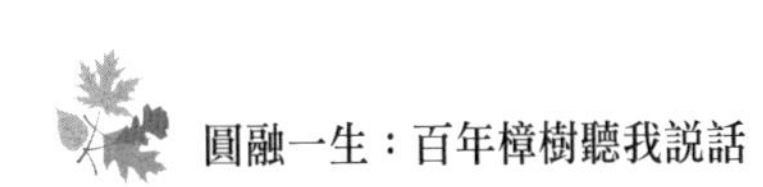

中口渴時飲用。我低頭俯視母親閉目長眠的慈祥臉孔，想到我們平日相依為命的種種，一時激動，我哭了。

生命是一代一代相傳下來的，我送別母親時的哀傷疼痛，對鄭重送別老榕樹的唱詩班的小孩子來說是尚未有過的體驗，但是，他（她）們用純真言語來表達年輕生命對衰老生命的尊重與珍惜，藉此明白生命輪替的意義，這過程無疑是重要的一種生命教育。

老樟樹，那天是一個涼爽的下午，工人們開來起重吊車，在老榕樹前面停妥，吊車往外伸出支架，準備承受重量，然後用一個鐵籠子把帶電鋸的工人舉高，在與老榕樹等同高度的地方，工人用電鋸把老榕樹的樹枝、樹幹一段一段鋸下來。那聽起來相當刺耳的電鋸聲響了一個下午，吸引好多人來參觀，也一起感嘆巨大的老榕樹即將結束它的百年壽命。

三、四個鐘頭過後，老榕樹從上而下被完全鋸光，工人把一段一段的樹幹搬上卡車載走，糖廠的志工把枯黃樹枝裝進黑色大垃圾袋運走，夕陽西下時，原本老榕樹聳立的廣場淨空了，看熱鬧的人也一個一個走了。

我試著在老榕樹原本挺立之處站一會，此時，夕陽完全把我包圍，不知道是

安慰有些失落的我，還是與我一起默默想念老榕樹往昔的美好身影。

13. 裝置藝術

二〇一二年二月四日，「立春」。

在日曆上看到「立春」這兩個字，心裡湧起一股暖流。似乎感覺到，嚴寒冷酷的冬天即將過去，涼爽宜人且生機勃勃的美好春天慢慢要降臨大地。

老樟樹，常常舉辦室外音樂會的糖廠大草坪，近日內草彷彿長高一些，也變得更加翠綠了，我有時候在上面坐下來，隱約可以感覺到綠得發亮的小草拼命要伸展開來，好吸收到更多春天的氣息。

二〇一二年是大吉大利的龍年，糖廠的志工在大草坪一角推出一條用防水材料製作而成的大龍，龍首昂然挺立，龍尾高舉而起，龍身貼於地面，是十棵翠綠的扁柏種在一起形成的，這些扁柏很像大龍青色的鱗甲，使大龍與草坪渾然融合，真是應景巧妙的裝置藝術。

許多新婚夫妻喜歡站在這條青龍身旁照相做紀念，聽說也有想生孩子的婦女趁別人不注意的時候摸摸龍頭，祈禱老天保佑能早日懷孕生下孩子。

東方人特別愛在龍年生男育女，認為這是大吉大利的事。因此，內政部統計，二〇一二年開始以來，孩子的出生數比往年多出有三分之一。連我家媳婦也趕上這股龍年生孩子的熱潮，在二〇一二年二月二十一日生下男孩子，取名為「柏動」，五天後我在婦產科醫生辦的「坐月子中心」看到這個孫子，也特別高興而送上「平安、吉祥」的紅包呢。

裝置藝術在台灣近代非常受到重視，主要因為近代的台灣人經濟狀況不錯，開始有生活美學的講究，裝置藝術是要求與庶民日常生活貼切、融合的藝術創作，自然普受歡迎。

麻豆糖廠離烏山頭水庫旁邊的國立藝術大學不遠，在該校師生的熱心協助下，除了大草坪的青龍以外，還製作不少出色的裝置藝術。

比如說，我大清早一個人在糖廠裡走著走著，就常被五道微弱的燈光吸引過去。

這五道微弱燈光是從以前的糖廠員工出差招待所（現在改為藝術品展示館）旁邊的小草坪放射出來的，在那裡，裝置藝術家用灰色塑膠塑造了五個面向西南方的巨大人頭，沒有頭髮，但是五官分明，每一個人臉部的表情都不一樣，卻都

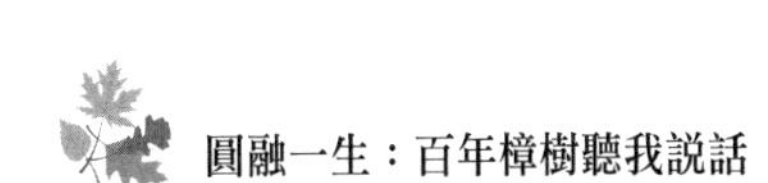

沉默不語。人頭內部是空的，裝置有燈炮，在夜晚，燈炮自動發出光亮，從人頭頂部密集的小孔往上洩露出來，直指沉靜夜空，有一種神秘的無可言喻的吸引力。

我常繞著這五個沉默不語的巨大人頭走著圈子，也常常伸手拍拍它們。從它們的存在我彷彿明白三件事情：

1. 人最重要的部位是頭部，頭一斷，人馬上就死了。頭腦有無限的創造能力，身為萬物之靈的人類要善用頭腦思考來解決問題，而不是仰仗四肢的蠻力來對付紛爭。據說，人的一生，只開發了百分之二的腦力而已，這實在是很可惜的事。往後的科學研究，應該著力於開發更多的腦力來創造文明才對。

2. 五座巨大人頭雕塑都是嘴巴緊閉的，裝置藝術家似乎藉此提醒我們，君子慎言，人要多沉默少廢話，才不會製造衝突和紛亂。

現在許多電視台紛紛開設談話性節目，一些自稱「名嘴」的人在節目裡評論政治和社會新聞，往往別有居心妄言是非，甚至於胡說八道攻擊別人，實在是非常不可取的社會現象。

3. 五座巨大人頭都由頭頂發出微弱光亮，應該是要鼓勵大家，不管能力如

何，社會地位如何，人人都要盡心盡力從事公益活動，發光發熱造福人群。

另外一個比較醒目的裝置藝術在兩棵老龍眼樹下，藝術家利用撿拾的河川漂流木在小路邊建造一截彎曲的迴廊，迴廊入口處上方掛有「８８」兩個阿拉伯數字。

二○○九年八月八日，強烈颱風「莫拉克」侵襲南台灣，一夕之間造成高雄縣甲仙鄉小林村被大量崩落的山坡地土石掩埋，死傷數百人，慘不忍睹。

八月八日正好是父親節，是一家團圓的好日子，所以，被活埋死亡的人當中，有女兒特別帶著兩個孩子從外地趕回小林村，要與父親團圓共進晚餐，不幸，三代人一起被活埋了。

當國軍救難人員駕駛直昇機降落在小林村時，從電視上，我也看到孝順的兒子揹著年邁病重的父親奮力跑向直昇機，希望趕快讓有生命危險的父親下山求醫生搶救……。一件又一件令人動容感傷的事一定深深烙印在每一個台灣人腦海中。

藝術家利用「莫拉克」颱風沖刷下來的河川漂流木搭建迴廊，讓每一個到麻豆糖廠散步或參觀藝文活動的人再一次回想到那些颱風造成的悲慘事件，勸告世

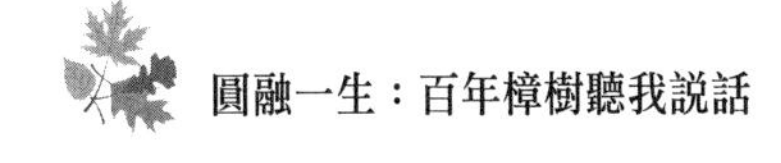

人要敬天畏地，不要過份開墾山坡地，要維持大自然界的生態平衡。真的是用心良苦。

14. 綠色樹蛙

幾年前，有生物學家在麻豆糖廠發現十分稀少珍貴的樹蛙。這種樹蛙大約只有一般成年人的半個手掌大，全身綠色，濕濕的，給人一種接近透明的奇妙感覺，由於大部分時間棲息在樹上，所以，大家稱牠們是綠色樹蛙。

老樟樹，您是高大強壯的，對樹蛙這種渺小生物可能懶得瞧上一眼，可是，經由藝術家的巧妙設計，麻豆糖廠最近推出的一系列以綠色樹蛙為主角的裝置藝術，贏得大家一致的讚美，在報紙上刊登出來也十分醒目呢。

首先，是「樹蛙垃圾筒」。

做為全省聞名的藝文活動中心，麻豆糖廠在例假日總是遊客如織，川流不息。因此，如何收納非常多的垃圾成為嚴重問題。

一般垃圾筒往往長相醜陋、氣味惡臭，令人看了就搖頭，麻豆糖廠的垃圾筒則與眾不同，它們的下半部是灰色水泥做的圓筒，上半身則坐著一隻巨大的綠色樹蛙，開口微笑，兩個大而突出的黑色眼睛使牠極似討喜小丑，令人看了就高興。

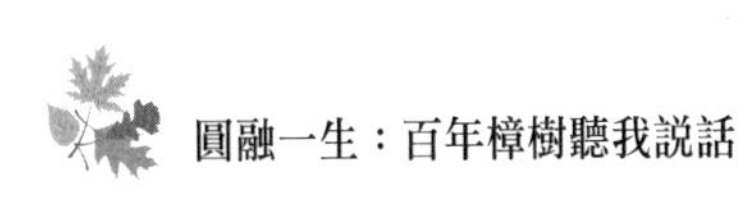

牠雙手張開，彷彿跟人打招呼，膨脹的大肚子則在肚臍那兒開一個大口，方便遊客把垃圾投擲進去。

這種「樹蛙垃圾筒」根本就是巧妙的藝術創作，不管放在那兒，遊客都看得賞心悅目，也因此知道麻豆糖廠棲息著珍貴的綠色樹蛙。

其次，是「樹蛙指示牌子」。

麻豆糖廠幅員遼闊，停車場有好幾處，分在不同角落，志工們當然要在醒目處立下指示牌子，方便開車的人循著指示牌子到達停車地點。這些指示牌子都黏貼在一隻大大的綠色樹蛙圓肚子上，樹蛙表情親切宜人，先就給人熱烈歡迎的好印象，比一般冷冰冰的沒有任何表情的說明牌子高明許多。

麻豆糖廠大門口的柱子上也貼有一隻大大的綠色樹蛙，牠逗趣的圓肚子上有一個「菸」字，上面打一個醒目的「×」。這是提醒大家，進入糖廠請勿吸菸。瞧！多出色的指示牌子。不管是菸癮多大的遊客，看到可愛的綠色樹蛙微笑著勸他不要吸菸，都會馬上察覺到偷偷吸菸是惹人討厭的。

老樟樹，青蛙在台灣其實是很常見的，小時候，我就常常享受著釣魚、釣青蛙的樂趣。

青蛙常常躲在池塘邊或水溝附近，牠們是碰到下雨就興奮不已的有趣生物。大雨過後，鄉下地方到處聽得到「嘓、嘓、嘓」的叫聲，那是青蛙的歡呼聲音，有時候，會吵得人睡不好覺呢！

釣青蛙是很容易的事，我通常用一支竹竿綁一條母親縫衣服的線，線上綁一隻蚯蚓，再準備一個裝青蛙的布袋，就可以出門釣青蛙了。

在池塘或水溝旁邊，安靜站著，把竹竿上綁著的蚯蚓慢慢垂放下去，微微晃動，讓躲藏著的青蛙很容易看見那一隻蚯蚓，蚯蚓特有的味道便使青蛙受不了誘惑而跳出來一口咬住。這時候，要眼明手快收回竹竿，立刻伸手抓住那貪吃的青蛙，把牠放進布袋裡。

在鄉下地方容易見到的青蛙，長相不好看，褐色的皮膚濕濕黏黏的，看起來有一點噁心，有的人根本不敢碰牠，就是煮熟了，青蛙肉也不好吃，清淡無味，不至於令人懷念。

有一小部分青蛙，在聰明的領導者帶領下，離開骯髒的水溝和陰暗的池塘，慢慢移居到翠綠乾淨的樹上，經過長時間的進步演化，牠們褐色醜陋的皮膚逐漸變成透明的綠色，可以保護牠們安全棲息在樹上不容易被發現和捕捉，這一小部

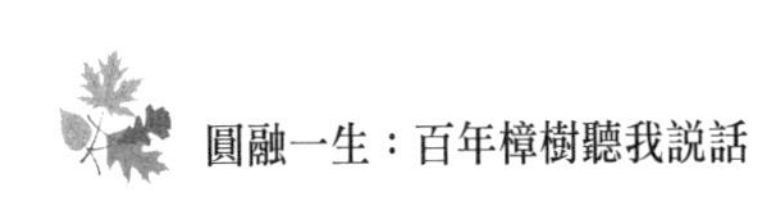

分青蛙便成了現在珍貴稀奇的綠色樹蛙。

由此可知，生物要進步、要成為有用的一份子，必須努力求改變以適應環境。很多為人父母的，在小孩子讀書階段，要他（她）們參加補習學習各種才藝科目，就是希望小孩子增強能力，不要輸在起跑點，將來才能在競爭激烈的社會上有立足之地。

可是，為人父母的常有一種迷思，以為小孩子什麼學科不好，就去補習那個科目，比如，數學成績差，補習數學，英文會話不行，請人教英語，作文寫得不好，趕快請人教寫作文……。

有心理學家強調，多元化的現代社會，要自己的子女出人頭地，不應該他（她）那一項不行就叫他（她）去補習那個科目，而是，反其道而行，子女那一門是強項，就加強那一門學科，比如運動能力強，就不必在乎英文、數學成績，努力練習運動就好了，音樂好，請人教音樂，美術優異，請人補習美術才藝……。這樣，子女避開較弱的學科，強化自己的強項，長大了便是某方面的傑出人才，像普通青蛙進化成優秀珍貴的綠色樹蛙。

這種新的教育理論，是不是有道理呢？

15. 糖廠大熊

麻豆糖廠有供應冰棒、咖啡、土司的福利社，福利社前面有一條淺而寬闊的小溪，溪旁雕塑一尊大熊，牠和成年人同高，身體則足足有兩個大人寬厚，相當壯觀。大家給牠取一個響亮好記的名字——糖廠大熊。

糖廠大熊面帶微笑，左手微張好像跟人打招呼，右手則緊緊抓著一尾鮭魚，那鮭魚的頭和尾巴略微彎曲，使牠看起來栩栩如生，好像掙扎著要跳出大熊的手掌。

老樟樹，台灣山上有極少數的黑熊，極少人見過，所以，一般人是一輩子也沒見過熊的。

我對熊的印象，是小時候在國小課本上讀過一則故事；

一對認識多年的好朋友有一次一起到山裡去旅行，很意外的，遇見一隻大熊。兩個人中有一人先看到那隻大熊，驚慌之下他拔腿就跑，剩下的那個人察覺有異狀時，大熊已直立在他面前，情急之下，他只好就地倒下裝死。大熊怒吼著，看他動也不動，俯下身朝他嗅一嗅，看看他也沒有任何反應，大熊失望的搖搖頭，轉身離開。

裝死的那個人屏息靜氣，確定大熊已經走了，才快速爬起來奔跑離開。

不久，兩個好朋友見了面，先自己逃跑的人問道：

「嘿，你竟然沒事，那大熊低頭看你時跟你說了什麼？」

「大熊告訴我，不要跟那種在生死關頭拋棄朋友自己落荒而逃的人在一起。」

這個寓言故事一直深藏我腦海，提醒我兩件事：

一、萬一碰到熊，來不及逃跑離開，就要裝死。熊好像不吃死人肉。

二、交朋友要重情重義，生死關頭不拋棄朋友。

清晨，走過糖廠福利社時，我常在小溪邊坐一會兒，看著糖廠大熊頭上綁著美洲印第安人喜歡的皮帶，上面也模仿印第安人的作風插上一大隻鳥的羽毛，我就忍不住微笑起來。

雕塑這大熊的藝術家說不定也和我一樣曾經到北美洲旅行過，看過真正的印第安人呢！

年輕時，我極愛旅行，有一次從加拿大的溫哥華進入北美洲，順著壯觀的洛磯山脈往南走，一直玩到美國。

有一天晚上，我住在美國著名的「黃石公園」附近，因為睡不著，我就起床坐在窗戶邊往外看，結果，看到兩個印第安人在野外空地上搭帳蓬。聽說，隔天有遊客要觀賞印第安人的生活介紹，所以，這兩個印第安人預先用手搭帳蓬，完工後，兩人還一邊哼著歌曲一邊手拉手跳起舞來。

那一天晚上的夜色很美，星光燦爛，兩個印第安人跳舞時，我清楚看到他們插在頭頂皮帶上的白色大鳥羽毛隨風搖曳，流露出一份野性之美。

當時我想，早上我在「黃石公園」裡坐車逛來逛去，曾經有巨大野性十足的美洲野牛在我們眼前走來走去，這些野牛以前曾是印第安人飲食、衣服的重要來源，在西部電影上，我也常常看到這些野牛和印第安人展開生死爭鬥，場面很嚇人。如果，這樣美好的夜晚，有兩、三隻野牛突然出現在眼前，與那兩個印第安人對立片刻，錯覺之下，我一定會以為自己置身於一百多年前的北美洲大西部，一些粗獷的美國西部牛仔和豪放的印第安人在我眼前活蹦亂跳，野牛四處奔跑，一些出外覓食的大熊也跑過來湊熱鬧呢！

在加拿大的山區，我看見一件極有趣的事。一年一次，大量的鮭魚（牠是大熊最喜歡的食物）要游回出生地產卵，當鮭魚行經山區時，溪流的地勢較高，鮭魚奮力游泳，行動卻受到阻礙，當地居民便在溪流上建造「魚梯」，一層一層的，方便鮭魚一次又一次跳躍前進，終於游過高地，回到牠的故鄉產卵。

這時候，北極熊便守在溪流末端，抓捕鮭魚來吃，把自己在冬季冬眠之前養得肥肥胖胖的。

老樟樹，這種大自然界的生態平衡，最近遭到破壞了。由於地球逐漸暖化，北極的冰山逐漸融解，北極熊失去賴以生存的領地，沒有流動的厚厚的冰塊讓牠站著南下抓捕鮭魚吃，所以，北極熊的數量也逐漸減少。這景象，光想起來就令人心痛不已。

藝術家用心良苦，在麻豆糖廠的小溪邊雕塑一尊印第安人打扮的大熊，讓牠手上抓一尾鮭魚，讓牠露出幸福滿足的微笑，這是在提醒例假日到麻豆糖廠來參加種種藝文活動的遊客，在日常生活裡要有保護環境的意識，要厲行節能減碳的

原則，好好保護人類賴以生存的地球，讓自然界保持生態平衡，各種生物幸福過生活。

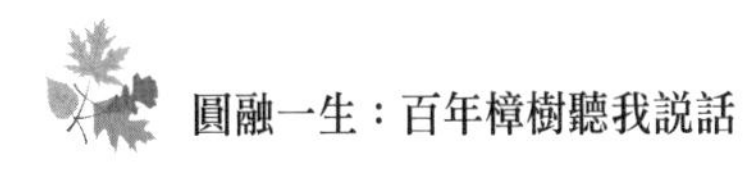

16. 木棉花開

在南台灣，有兩種花相當類似，綻放時燃燒如火，燦爛耀眼，花落時，象徵離別，令人黯然神傷。

這就是鳳凰花與木棉花。

鳳凰花是台南市的市花，中小學生常常把很像蝴蝶的鳳凰花花瓣夾在課本中玩賞，一到夏天，畢業季節來到，蟬在盛開的鳳凰花間「知了、知了」叫個不停，各中小學校應屆畢業生便知道要高唱驪歌離開母校了。

其次是木棉花。

老樟樹，三月底四月初，每天清晨我在麻豆糖廠走路時，特別喜歡拐個彎到已經被廢棄的「麻豆糖廠附設小學」小小的運動場走幾圈，繞著跑道外圍的火紅木棉花走著走著，心情很複雜。

三十幾年前，校園民歌突然興起，台灣人不再成天唱著從日本、美國流行歌曲翻譯過來的歌兒，許多本土年輕音樂家彈著吉他，唱著自己創作的歌曲，怡然

自得，頗有台灣人的尊嚴。

所有校園名歌當中，最讓我印象深刻的就是《木棉道》，馬兆駿先生作曲，洪光達先生填詞。開頭兩句十分傳神、美好：

紅紅的花開滿了木棉道，
長長的街好像在燃燒。

欣賞過木棉花的人一定有驚艷的印象，那深紅的木棉花在三、四月交替時熱情綻放，真的像大火到處燃燒，燒得天空也映紅一片，大地也如同夕陽忘了下山躲藏。看花的人，不論男女，心底跟著熱情浪漫起來，不喝酒，也醉了。

《木棉道》的最後兩句：

啊！愛情就像木棉道，季節過去就謝了，
愛情就像那木棉道，蟬聲綿綿斷不了。

這兩句關於人生與愛情的註解，常讓我想起一位多才多藝的小姐。

那一年，我在憂鬱症關懷協會當心理輔導志工，有一天早上，有一位二十五、六歲的小姐上門來尋求協助。她聽說我是老作家，她自己在心情鬱悶時也寫些文章，她請我幫她修改一下文稿，希望將來有機會出版。

看完她的文稿，對她的遭遇深深同情。她是某大學英語研究所畢業的，在口譯以及文字翻譯上有特殊才能，可惜，父母離異，母親因受不了打擊得了憂鬱症，常鬧著要自殺。為了照顧母親，她辭了工作待在家裡，結果，過於憂愁、勞累，她自己也得了憂鬱症，必須看醫生吃藥晚上才睡得著。如此，偶而疏於追蹤、防範，母親還是出外跳河自盡了。

憂鬱症關懷協會有一位顧問是精神科醫生，一家大藥廠提供一筆公益金給他運用，他看了這位小姐的文稿後認為有出版給大家做參考的價值，便撥出公益金二十萬買下稿件，託一家出版社把它出版了。

這位小姐的文稿出版後，她的狀況改善不少，我們鼓勵她去教會當志工，她工作很起勁，也在那裡交到一個志同道合的男朋友，兩個人常常相約郊遊、看電影。

突然，一個老婦人到憂鬱症關懷協會來找我，說她早年守寡，好不容易把兒子養大，又唸完研究所，不願意他和一個有精神病的小姐在一起，拜託我勸勸那一位小姐，不要纏著人不放手。

我勸這一位老婦人先冷靜下來，我告訴她，愛情這東西很微妙，想阻止它、干涉它，它反而越燒越旺，不如，冷靜觀察一段時間，也許他兒子發覺要長期照顧那位小姐是很吃力的事，感情自然就冷淡下來。

我的猜測還算正確，大約一年後，那位小姐來辭行，說她很感謝男朋友陪她走過艱難的日子，給她留下一段甜蜜、值得回味的愛情，但是一切都過去了，她在中國大陸找到一份好工作，所以，放下台灣的一切，她要一個人遠行了。

老樟樹，二〇一二年四月四日是清明節，又是兒童節，天亮不久，我站在被廢棄的「麻豆糖廠附設小學」運動場上，看到四周圍盛開的木棉花爆裂之後，不像鳳凰花謝了就乾脆謝了，不是的，它的花絮成絲成縷隨著涼爽晨風飛舞在天空，而後依依難捨地飄向遠方，就是這景象讓我想起那位擱下愛情遠去中國大陸擔任翻譯工作的小姐，雖然她開朗的說放下一切不留戀了，可是，《木棉道》唱得好：

啊！愛情就像木棉道，季節過去就謝了，

愛情就像那木棉道，蟬聲綿綿斷不了。

我眼前四散飛舞的絲絲縷縷木棉花絮，就像那位小姐曾經擁有的愛情，糾糾纏纏，似消逝又似依依不捨，真的斷了嗎？得了嗎？

17. 大魚噴水池

從麻豆糖廠大門進入，先映入眼裡的是二樓由紅磚砌成的行政管理中心（現已改為「藝術品展示大樓」），它的正前方有一個兩三坪的「大魚噴水池」，潔白水柱日日夜夜從那大魚的尖嘴噴出，而後嘩啦嘩啦落入水池，再由下水道流走。

潺潺流水聲，白天、晚上聽了都令人舒服。

老樟樹，水這種東西真是奇妙之至。它是生命的來源，生物學家說，原始生命誕生於水中，而後幾經進化、演變，才爬上陸地，又慢慢進化、演變成猿人，最後是現代的人類。受原始基因的影響，人類聽到水聲就感到自在、舒服。我以前在心理輔導研究所唸書，看到有文獻記錄，有一個醫生，受到各式各樣的打擊，對生活、對自己都失去了信心，極度沒有安全感，於是，他在寢室裡建造一個大型婦女的子宮，外面包膜有自來水緩緩流過，潺潺流水聲使他很容易感到安詳自在，所以，晚上他就鑽進這個大型子宮裡睡覺，彎曲著身軀，聽著美妙的流水聲，

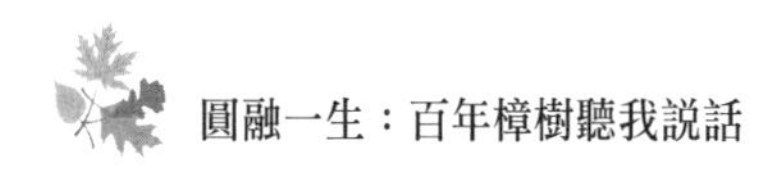

他彷彿回到小嬰兒時期，躲在母親肚子裡過安全生活，夜夜得到好眠。

既然離不開水，古今中外講究的建築物一定要搭配流水和水池，因此，完成於日據時代的麻豆糖廠，便在重要的行政管理大樓前建造大魚噴水池，四周圍種植有蘇鐵、榕樹、扁柏，再用修剪整齊的七里香植栽包圍成半圓形，與長方形的行政管理大樓貼切融合，展現出日式建築物的庭園風格，相當高明。

二〇一二年清明節過後，一連下了好多天的雨。春雨綿綿，大地得到滋潤，我想，野外剛吐穗的稻秧一定樂得迎風舞蹈吧！

清晨五點不到，我剛在麻豆糖廠走過二圈，突然一道閃光劃過天邊，接著春雷轟隆轟隆響，不久，雨滴窸窸窣窣降下來，把我淋濕了。

快步跑，我繞過「大魚噴水池」，躲進行政管理中心的走廊，在木造長椅子上坐下來，正好看到白晃晃的兩滴在「大魚噴水池」的池面上盡情舞蹈，真是詩情畫意。

小樓一夜聽春雨。

我望著眼前景象，突然想起以前看古龍寫的武俠小說時記住的這一句話。

我正坐在古色古香的紅磚建築樓下，正是春天，也是幽暗夜色中，四周窸窸窣窣的春雨喧譁不已。時空交錯，我在這短暫剎那進入古龍所寫的小說情境了。

小樓一夜聽春雨

天亮，雨停，我笑笑，站起來，又在麻豆糖廠走起來。

我想起幾年前在南部一所監獄當心理輔導志工時講古龍武俠小說給受刑人聽的往事。

那一天，電視上播放一則新聞，（受刑人是可以看電視並定時定點抽菸的）一位女性憤怒男友欺騙她的感情，衝動之下，向男朋友潑硫酸，因此被警方逮捕。

受刑人要我對這件事發表看法。

我便講古龍寫的怪異武俠小說：

很久以前，有一名使刀高手，他叫傅紅雪，天生是個跛子，卻從小苦練武藝，光是練習拔刀，每天就要練習一千次，在對手尚未亮出武器時，他快如閃電般出刀，可以輕易殺死對方。如此苦練，是要報殺父之仇。他剛出生不久，父親便被不知名仇家設計害死。

有一天，他深入北方大漠，根據線索，辛辛苦苦追查，終於找到殺父仇人，是個中年美婦。

雙方展開爭鬥，傅紅雪打敗那婦人後，逼問她為何要殺他父親？

那婦人突然揭開假的臉皮，露出極其醜陋的一張臉，說：

「你父親欺騙我的感情，只跟我在一起四十九天，便拋棄了我。我每次想起此事，心痛不已，便對著鏡子拿刀割自己的臉，總共割傷四十九刀，牢牢記住我們相處的那些日子。」

傅紅雪頹然放下刀，不忍殺那婦人，便自行遠離。

我告訴受刑人，男女都不要玩弄感情才好，以免付出慘痛代價。

老樟樹，從這天起，我每次走過「大魚噴水池」，便記起以前在監獄幫忙教化受刑人穩定囚情的工作，那真是一段有趣又有意思的經歷。

有趣而有意思的事又一樁。

四月底，大清早，我剛走進麻豆糖廠，竟然在黑夜中看見飛動的一點綠色光芒。天呀！竟然是在平地難得一見的螢火蟲。

翩翩起舞的螢火蟲向「大魚噴水池」飛過去，繞著魚嘴噴出的水柱飛著，似乎想飲水或稍微沾些濕氣。

我注意到那噴水的大魚年代久遠了，身上滿是青苔，胸前雙鰭張開，好像要替自己抓抓癢，才好繼續日日夜夜噴水的工作。

大魚約有五十公分長，看不出來是那一種魚？有點像大草魚，也可能是大鯉魚。牠臉頰飽滿，肚子鼓鼓的，一副福相。西洋人建造噴水池，常喜歡選尿尿的童子或捧水的漂亮仙女，東方人造噴水池，喜愛選用大魚來噴水，因為「魚」者「餘」也，取年年有餘的吉利意思吧！

噴水的大魚啊！不知你工作多少年了？往後的日子，我有一天不在人世不能來看你了，相信你也是繼續噴水，自得其樂。我，不如你長壽呢！

18. 舞台

二〇一二年四月二十九日，星期天，清晨四點多，一向幽暗寂靜的麻豆糖廠竟然燈火光亮，人聲鼎沸，完全出乎我意料之外。

老樟樹，我是遲疑片刻，確定我不是迷迷糊糊仍在睡夢中，也沒有走錯地方，才好奇往前走的。

大草坪邊緣的舞台上出現一面大幅看板，上面有五個大字：

平安攏總來

舞台邊緣插上好多面旗子，上面寫著：

二〇一二年台南市春季路跑

二〇一二年台南市團體接力賽跑

將近五點的時候，舞台上亮出透天光芒，輕快有力的音樂昂揚響起，工作人員拿起麥克風，向大家大聲問好，接著介紹報到處在那裡、臨時廁所在那裡、停車場分布在那幾個角落、免費供應的飲用水放在那裡等等。

人越來越多了，參加競賽的男女選手和陪伴家屬一圈又一圈圍著舞台站立或坐在草坪上，吃著早餐或喝著水，沉默著或是快樂地聊著天。我注意到一件有趣的事，所有的人都保持健康適宜的身材，絕對沒有一個胖子。

熱鬧過去。

隔天清晨，我一個人站在大草坪邊緣的舞台上，望著寂靜無聲的糖廠，心想，世事常如此，熱鬧、風光不能久留，寂寞、孤單常住人心。

人生，有時候就是要看得開，不要沉迷於舞台上的風光、得意，要能忍受下台後的孤獨與平凡。

我所以如此感慨，是發現社會上常有人迷戀在舞台上燈光集聚、意氣風發的日子，無法旋轉身，漂亮、瀟灑走下舞台。

俗話說：「江山代有才人出，各領風騷五十年。」

台灣近代史上，許多政治人物因緣際會擁有權勢地位，在舞台上呼風喚雨享

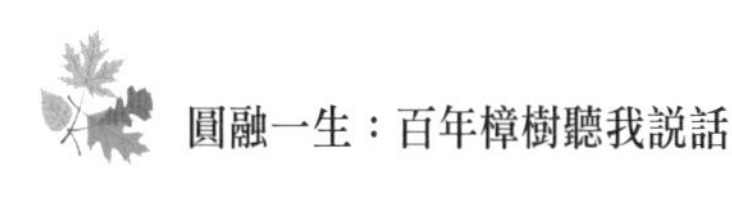

盡榮華富貴，可是，有的人任期屆滿，或是競選失敗，卻不能心甘情願下台歸隱，依然戀棧往日風光到處爭權逐利，惹是生非，心態之醜陋令人看了搖頭嘆息。

常常，我想起一位了不起的大人物，他為人豪邁、能力高強，有一年暑假日月潭舉辦全省高中職校訓導主任會議，我應邀去演講「青少年的輔導工作」，有幸欣賞他主持會議的爽朗作風，私下佩服不已。後來我當選為全國特優教師，接受全國性的表揚，又從他手上接過證書與他一起用餐，感到很光榮。

幾年後，他出馬競選總統，不幸落敗，從此他隱居山林，絕口不談是非。下台身影如此漂亮高雅的大人物，真是令人懷念不已。

我五十歲就退休，因為我在台南高商擔任心理輔導教師，這是很受年輕人喜愛的工作，我下台而去，很多人搶著參加甄試呢！

老樟樹，我在寂靜的舞台上坐下來，一些老朋友的臉孔浮現在眼前。

有一位老師是我時常在這個麻豆糖廠木造舞台上看到的人，他是我初中三年的同班同學，因為家裡經濟狀況不好，所以，初中畢業後投考免學費的師範學校，畢了業，便回家鄉擔任國小老師。他有音樂天才，把師範學校音樂老師教的古箏、琵琶彈奏得出神入化，漸漸在教育界贏得美名，成為各項國樂比賽理所當然的評審老師。

他六十歲從教職上退休，在麻豆糖廠開設的才藝教室教古箏和琵琶。上了年紀的人跟他學藝自娛娛人，年輕學生為了參加大專院校的音樂系入學甄試也紛紛拜他為師，增加考試信心。

定期的，他帶領學生在麻豆糖廠大草坪邊緣的木造舞台上演奏國樂，優雅悅耳的音樂在園區裡隨風飄揚，聽的人陶醉其中，綠草綠樹彷彿也增色不少。他在舞台上指揮演出的身影，被譽為麻豆糖廠的指標招牌。

我另外一位老朋友是單純的家庭主婦，忙碌二、三十年，把子女栽培成功後，她拜師學民俗舞蹈，結果，老師看中她的特殊才華，把才藝傾囊相授，很快的，她便自立門戶，當起眾多家庭主婦的舞蹈老師了。

今年三月八日婦女節，她指導十多位家庭主婦在麻豆糖廠大草坪邊緣的舞台上演出她自己編排的木屐舞。

大家古裝打扮，穿著咯咯作響的木屐，在木造舞台上表演《當人家的媳婦》這支好看的舞碼。當音樂響起，咯咯作響的木屐聲響遍了麻豆糖廠的每一個角落，節奏明快，故事性又強，贏得觀賞者如雷的掌聲。

事隔多日，我悄悄在舞台上走著，幽靜晨光裡，彷彿還能看見那時我的老朋友帶領大家盡興舞蹈的身影，那咯咯作響的木屐聲依然隱約傳來。

在舞台上，音樂家、藝術家不管待多久，都受人喜愛。可是，醜陋的政客如果戀棧不離開，就令人討厭了。這，真是目前台灣社會上有趣的事啊！

19. 古井

在廠長宿舍後院樹叢中發現一口古井，是非常意外的事。

老樟樹，您是知道的，我年紀越大，晚上睡眠時間越短，大部分時間，我都小聲的聽著收音機播放的節目。有一次聽到台南地區的記者說，有話劇團體要在麻豆糖廠現場表演，他們選中的地點是古色古香、保存良好的廠長宿舍，而且，很特別的，話劇表演要從室內演到室外，讓觀眾可以跟著移動欣賞表演。

這的確是很新鮮的事。所以，話劇表演那一天下午，我也跑進麻豆糖廠來看熱鬧。

跟隨表演者轉移到廠長宿舍的遼闊後院，在一棵金龜樹下，我無意中發現一口年代久遠的大井。

大井位在廠長宿舍後院最偏遠的角落，四周圍茂盛的野草幾乎把它蓋住了，旁邊又有金龜樹粗大彎曲的樹幹把它遮擋著，一般人要看到它，實在不大容易。

發現古井之後，我大清早走過廠長宿舍，常常特意繞到後院，在古井邊停一

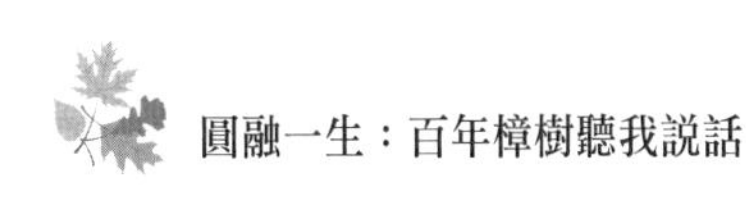

會，有趣的注視著它，因為，它讓我想起我的少年生活。

少年時代，父親在菜市場賣魚為生，我們在距離菜市場大約兩、三公里外的地方租人家的房子住。

那是一座大宅院，主人繼承祖業後，遊手好閒，坐吃山空，便把廂房分租給兩戶人家，靠房租過日子。我家分租到三間瓦房，正好，屋後有一口大井。

那大井的直徑約一公尺，圓圓的邊緣用高約一台尺的井欄圍著，造型跟我現在在麻豆糖廠看到的幾乎一模一樣。

井水平常平靜如一面大鏡子。有時，我在井欄外蹲下來，探頭往下看，可以清楚看見井水中有自己的臉孔，還有藍藍的天、白白的雲，甚至於有鳥兒飛過去的倒影，很有趣的。

在我家，我是負責從大井取水的。

我拿繩子綁著的小水桶，把它丟下井，用力一扯，它便歪了，半沉入井水中，再右手、左手交替拉扯，把它拉上來，把它汲取的井水倒入身旁的大水桶。

大水桶裝滿八、九分井水了，我便提著回我家廚房，把井水倒入大水缸，那井水，嘩啦嘩啦濺起好多水泡，很好玩。

每天下午放學後，我從井中汲水，大約倒水入大水缸五、六次，大水缸接近滿水位，夠母親使用，我的家庭作業便算完成。

記得是個悶熱的傍晚，天色昏暗，烏雲密佈，不久，便下起傾盆大雨。

我躺在窗邊看下雨的情景，忽然，聽到有鄰居大聲喊叫：

「救命啊，有人跳井啦！有人跳井自殺啦！」

我彈腰坐起，抓一頂斗笠戴在頭上，便往外衝向大井邊。

鄰居大叔繼續大聲喊叫，我往井裡看去，一個年輕女人浮在井水上晃動，好像還活著。

兩個大男人立刻抛下繩子，其中一人抓著繩子滑下井中，把披頭散髮的年輕女人抱住，用繩子綁好了，示意站在井欄邊的人一起用力往上拉。

那年輕女人被拉上來，吐著井水，乏力地躺在井邊，我認得她是住在附近的阿杏，在紡織廠當女工的。

阿杏為何要投井自盡？

老樟樹，說來可憐，阿杏長得好看，卻對人沒有戒心，被紡織廠的少東家甜言蜜語騙了，說要娶她，卻在玩弄過後執意跟她分手。阿杏覺得悔恨、丟臉，一

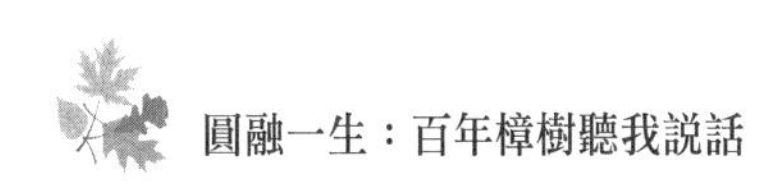

時糊塗，在昏暗的下雨傍晚，要跳下大井淹死自己。幸好，有鄰居大叔正好看見，及時大聲呼叫，有人趕過來把她救起來。

那紡織廠的少東家自知理虧，找人與阿杏父母和解，欺負鄉下人單純不懂事，只賠償一點點金錢。

大約半年後，那紡織廠的少東家發生車禍。當時是深夜，事件發生的地點又是在昏暗野外，根本沒有人目擊車禍，所以，那少東家沒有及時獲得搶救，後來雖然僥倖保住一條命，卻成了殘廢之人。

我們鄉下人都說，人在做，天在看。那少東家得了報應。

長大過程中，這件事給我留下極深刻記憶。我因此體認到，在男女遊戲中，無情無意存心坑人的，往往會有不好的下場。

聽說，最近麻豆糖廠有志工向管理階層反映，前幾年日本人拍攝的一部恐怖電影——「貞子」，其片中有一段鏡頭是：冤屈而死的貞子小姐，於深夜中，披頭散髮地從古井中慢慢往上爬，爬出古井，又慢慢爬向仇人家，向仇人索命復仇。這些鏡頭隨著電影熱賣而廣為人知、深植人心，所以，廠長宿舍後院中那口古井廢棄在野草下，顯得太陰森恐怖，最好能妥善處理。

有一天，我又走過這口大井，便看到全新的景象。大井加了一尺高的井欄，上面有鐵絲網蓋住，避免有人意外摔倒跌下去。另外，井旁立了木柱，上面懸掛可以搖動的絞盤，讓參觀的小朋友知道，在古代，絞盤上面垂下綁著繩子的小水桶，可以由人工操縱在井中汲水的。最後，絞盤上面又加蓋涼亭，保護整個大井，使這口古井成為一個新的觀光景點，把過去的農村生活與現代人的假日休閒旅遊活動連結在一起。

古井啊！以如此容貌與現代人相遇，你高興嗎？

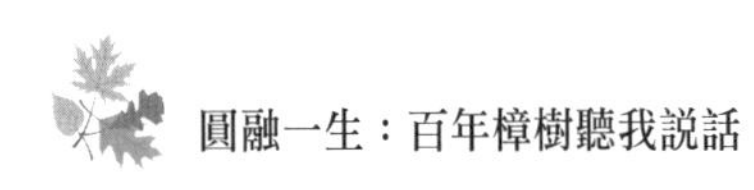

20. 石燈籠

老樟樹，最近，麻豆糖廠的廠長宿舍門口立下一塊牌子，上面龍飛鳳舞寫著六個大字：

糖廠藝術工坊

原來，從二○一二年春天開始，許多藝術家在此工作，並展出比較精緻的藝術作品。

常常，我大清早從廠長宿舍穿過去，會喜歡伸手摸一摸兩座古樸可愛的石燈籠。

這兩座石燈籠都有一百公分高，分別站立在廠長宿舍後院的一棵茄苳樹下和一叢孔雀椰子樹前面。

石燈籠分成兩部分，底座約佔三分之二，是實心的，很重，可以使石燈籠安

安穩穩站著，不怕風吹傾倒，也不怕有人用力推翻。另外三分之一是上面的空心部分，好看成圓形的蓋子下面可以安放一盞燈，夜晚點亮了，向四方放射出柔和光輝，使庭園有一種安靜、平安的氣氛。

在庭院裡安放石燈籠，是日式建築的特色，當然，這種建築文化是日本人在中國唐朝時派出很多「遣唐使」去中國研習時學會的。日本人把這種唐朝文化發揚光大，結果「青出於藍更甚於藍」的表現在高雅的日常生活當中，十分令人佩服。

我沒有退休以前，有一年暑假花很多時間看完日本大文豪山岡莊八寫的煌煌巨著，五十三冊的「德川家康」，多次在文中看到點亮煤油燈的石燈籠出現在不同的貴族庭院中，為此深深著迷。隔年春天，我便參加賞櫻旅行團去日本旅行。

在德川家康率兵打進豐臣秀吉建造的高聳「天守閣」下面，我看到豐臣秀吉的兒子豐臣秀賴和母親切腹自殺時倚靠的櫻花樹（當然是後人新種的），遠遠一座石燈籠彷彿以憐憫眼光看過來，這場景，令我留連徘徊，不忍匆匆離去。

隔天，參觀最能代表古代日本建築之美的「平安神宮」，畫棟雕樑、小橋流水、如茵綠草、潔淨白沙，這種含有「禪」的意味的環境可以使現代人的焦躁心

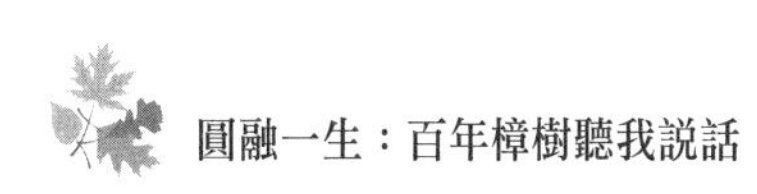

情很快平靜下來。

我多給導遊一筆旅費，讓他安排我每個晚上都一個人住一間房，可以自由自在休息，也可以安靜寫下旅遊筆記。在京都過夜時，導遊安排我住在水車緩緩轉動流水緩緩溢出的庭院裡，一座高與人齊的古樸石燈籠在昏暗中亮出微弱燈光，引導我走到一間寬敞房間外，打開紙門，房間裡擺設一套日本戰國時代武士穿著的盔甲，牆邊還有木架放著一把武士刀。乖乖！這種和式房間讓我大呼過癮。

日本旅館房間內的電視節目，分「有料」（收費用）和「無料」（不收費用）兩種。我打開「無料」的頻道，看了一部日本電影，是「宮本武藏決戰佐佐木小次郎」。兩個亂世時代的英雄，宮本武藏以「砍柴刀法」聞名。他擅長高高躍起，一刀砍下，把人劈成兩半，佐佐木小次郎是日本人和荷蘭人的混血兒，人高大手臂特長，聞名的「蒼蠅刀法」揮舞開來，連細小的蒼蠅也飛不過去。

兩人約在海邊決戰。

宮本武藏故意遲到，划一條小船慢吞吞靠上岸。佐佐木小次郎已在岸上等候良久，心煩氣躁，暴怒之下從身後抽出長刀就攻上來，匆促間不免露出破綻，宮本武藏用划船的木槳架住他的長刀，木槳是堅硬木頭削成，在剎那間咬住那長刀

沒有斷掉，宮本武藏棄木槳，拔腰間武士刀一躍而起，不偏不倚從佐佐木小次郎頭部劈下，刀快如閃電，佐佐木小次郎額頭滲出血來，過一會兒，才整個人往前仆倒。

回國後，我利用在嘉義監獄講課時提醒那些喜歡爭鬥打架的受刑人，人在社會上討生活，要學習宮本武藏的修練過程，除掉暴躁脾氣，然後修心養性不靠武力而是善用頭腦智取勝利。

我希望，那些年輕好勝的受刑人能多少聽進我講的道理。

老樟樹，今天清晨我走進麻豆糖廠大門口，幽暗中看見廠長宿舍後院有小小火光亮著。我好奇地放慢腳步走著接近它，看清楚了，是孔雀椰子樹前面那座石燈籠上面點著蠟燭，微微晨風中左右搖晃，卻不至於熄滅。

誰人如此好雅興，在此秉燭夜遊？

我從廠長宿舍後院那條小路走過，朦朧中，看見一對年輕情侶相依偎坐在石燈籠前面。大概是整夜在此談情說愛，快天亮了，還依依難捨，不忍分手回家睡覺。

「阿伯，您早！」

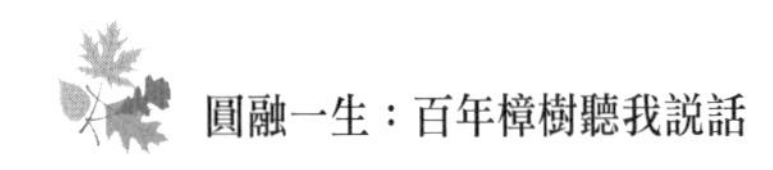

男的突然對我這麼說。

我一愣，繼而馬上笑起來回答：

「你們好，年輕真好。」

女的輕俏一笑，低下頭去。

我遠遠走開了，怕打擾到這一對年輕情侶的雅興，一直到我感覺運動分量夠了，準備離開糖廠走回家，才遠遠偏頭看向廠長宿舍後院。那石燈籠上的小小光亮已經不見了，不知兩人是何時離開的？但願，那堅硬不壞的石燈籠，能見證這一對年輕情侶的堅貞愛情，永遠不熄滅。

21. 紅土網球場

翠綠的樹木，翠綠的草坪，翠綠，是麻豆糖廠給人的第一印象，因此，在原有糖廠圖書館旁邊的兩座紅土網球場，便彷彿翠綠綢布中耀眼的兩片紅寶石。

老樟樹，說真的，我剛開始在大清早來麻豆糖廠走路做運動，第一次走過紅土網球場時，便激動的停下腳步，雙手攀著球場邊的網牆，心情頗為傷感。

我激動的原因有二，首先是感慨年華老去，青春不再。

以前，在麻豆糖廠的這個紅土網球場打球時，我才二十出頭，是麻豆國中男教師網球隊的一員，不管是參加個人雙打或團體組雙打，我都是控球後衛，一場比賽下來，常常半個小時以上或將近一個小時，我必須來回奔跑，往前衝刺或是退後防守，喘著氣，流著汗，紅著臉孔，精神亢奮，力拚到最後一球決定勝負才下場休息。

可我現在年紀大了，右手肩膀酸痛無法舉高發球，腰椎長骨刺不能大動作旋轉身體，左膝蓋退化無法衝刺快跑，不得已，早早退出網球運動了，現在只能站

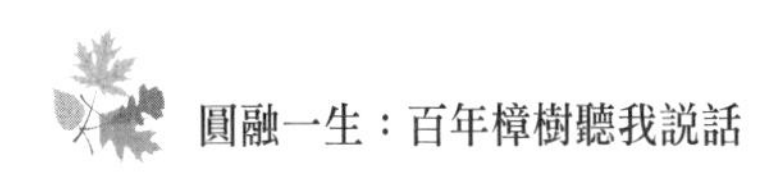

在網球場外面當個旁觀者，真是白了頭髮空悲切啊！

其次，看著紅土網球場，讓我又一次想起以前常常和我搭檔打球的高主任，一個親切的好朋友。

高主任與我哥哥小學同窗，很會唸書，師大畢業後到高職任教，先當教學組長，三年後便升為教務主任。

高主任學問好，個性溫和，是麻豆網球界的前輩，平常在球場練習打球，他總是和我搭檔，他擔任前鋒，由我負責後衛，因為我們都認同古代大哲學家老子的理論，老子強調柔弱勝過剛強，勸人要謙卑、低調，切忌爭強好勝。我們二人在球場上，大都採取守勢，任由對方強打強攻，我們只是見招拆招，趁機把球打在對方難以想像的地方讓他疲於奔命，先露出破綻，我們才使出殺手鐧，一舉得分。

很多次團體比賽，我和高主任常負責第五場，也就是雙方二比二平手，最後決勝負的一場。因為我們二人韌性足，耐力夠，不容易被激怒，不至於焦躁失分，往往能支撐到最後逆轉得勝。

球場以外，我和高主任的私交也很好。我從麻豆國中轉到北門高中任教，擔

任教學組長，編排教師課表時，發現必須增聘一位地理老師，校長要我想辦法，我向高主任求救，他立刻向我推薦一位國中的女老師，她在外地任教，多年想調回故鄉服務呢。我帶她去見校長，當場拿到聘書，我排課的難題也解決了。

有一年高主任去省政府教育廳開會，回來後告訴我，政府決定在各高中、高職新設心理輔導教師，而我既有高中教師資格，又剛從彰化師大輔導研究所結業，肯定是受歡迎的人才。我聽高主任的話，向台南高商的校長自我推薦，便順利由普通的國文教師轉行做心理輔導工作。

老樟樹，我離開土生土長的故鄉——麻豆，到三十公里外的台南市台南高商服務，不會開車的我，每天早晚搭公共汽車上下班，便失去了與麻豆地區網球好手切磋球技的機會了，與很多老朋友也逐漸沒有來往。很意外的，有一天驚聞高主任去世，是肝癌。才五十出頭呢！真是令人聞訊而扼腕長嘆。

高主任擔任教務主任將近三十年，很多次負責大台南地區職校聯合招生事情過於勞累，才積勞成疾而去世。這使我走過曾經多次與他搭檔打球的麻豆糖廠紅土網球場時，便一陣心痛。

紅土網球場與普通的水泥地網球場不同，因為土質比較柔軟，網球落地後可能跳躍而起的方向與速度比較難以猜測，所以，剛學的生手喜歡在水泥地網球場打球，我們資深好手則比較喜歡紅土網球場的多樣挑戰性，可以盡情享受打球的刺激與滿足。

五點多的時候走過紅土網球場準備回家，看見有老人在紅土上灑水，我好奇停下來觀看，他正好也抬起頭來。我們彼此看著，不禁歡呼起來，原來是多年前認識的球友，一位退休的銀行經理。

他說，過幾天，他負責籌辦的「銀髮族樂活盃軟式網球賽」要來麻豆糖廠舉行，所以，他要開始整理場地。

他問我想不想報名參加？

我微笑搖頭。

「肩膀酸痛的老毛病一直沒有好啊？」

「不完全是。」我想了一下。「最近有了小孫子，每天幫忙照顧他，抱他，兩手臂都酸痛得很，那揮動得了網球拍？」

「原來如此，這種經驗我也有過。可是，逗弄小孫子可比做什麼事都快樂啊！」

「是呀！我現在就期待有一天能帶小孫子來這個球場玩網球呢！哈哈哈！」

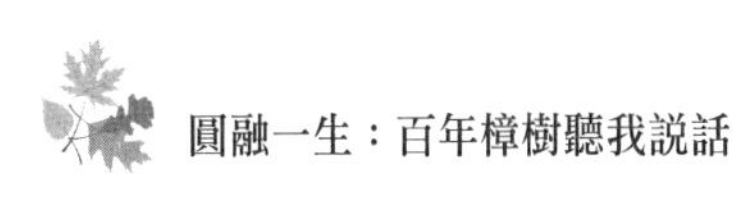

22. 清香玉蘭花

下雨天，尤其是飄著濛濛細雨的清晨，我最喜歡從美術品展覽館前面的那一棵玉蘭花樹下走過去。

老樟樹，那一棵玉蘭花長得很高，已經超過二層樓的高度了，手掌大的翠綠葉子間，藏著一朵又一朵的白色玉蘭花，平時，無風無雨的時候，玉蘭花似乎也隱藏起來，安安靜靜的不吐露絲毫清新花香，可，一旦老天下起雨來，最好是濛濛細雨啦！那雨滴先掉落在盛開的玉蘭花上面，吸飽清新的花香，然後以一種微醺的美麗姿態往下掉，便把周圍的空氣都染上一種淡淡的花香。這時候，我一次又一次從玉蘭花樹下走過，遠遠的，便已聞到一陣幽幽花香，走近了，稍微在樹下站一會兒，清新的花香味就友善的籠罩我全身，這真是風雅人生的快樂享受。

大學畢業後，我在台南機場服兵役，住在軍官宿舍裡，庭院中，也有一棵玉蘭花，奇怪，少有人去摘那清香的玉蘭花，我則不客氣，每天摘一朵放在我宿舍窗前，時時刻刻，淡淡花香飄浮在室內，感覺上，可以把軍人的陽剛之氣沖淡一

些，把緊張的心情調整一下。因為這種緣故，養成我喜愛玉蘭花的習慣。

退伍後的日子，我騎摩托車四處討生活，常常在鬧區的十字路口，聽到有婦人在叫賣：

玉蘭花喲！
一串十塊錢，
買玉蘭花喲！

每一次聽到這種呼喚，我一定停下來，向那婦人買一串玉蘭花，正好放在胸前口袋中，騎著摩托車，一路上聞著花香。

那些在十字路口賣玉蘭花的婦人，大太陽下戴著斗笠，穿梭在車陣中，很辛苦也很危險，所以一向喜歡玉蘭花的我，基於同情心，一定要掏零錢買她們的花。

有時候，看見警察吹口哨，嚴厲的叫她們離開十字路口，以免妨礙交通秩序。我就會想，窮苦人家嘛！何必如此不近人情，不准她們賣玉蘭花貼補家用？

老樟樹，世上的事很難眾人看法一致。

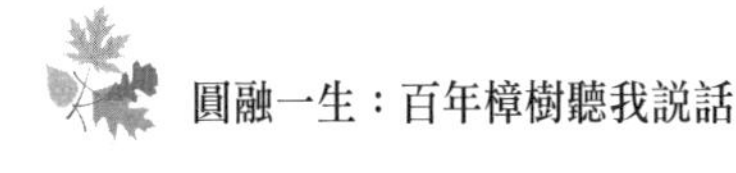

有一次，我坐朋友開的車子經過十字路口，看見有戴斗笠的婦人在叫賣玉蘭花，我連忙搖下車窗想向她購買。結果，朋友阻止我搖下車窗。他說：

「如果每個人都在十字路口向她買玉蘭花，會鼓勵她繼續在這裡做生意，鼓勵她在車陣中穿梭往來，反而可能害她發生車禍，受傷或喪失性命。」

「可是，她需要賺錢過日子吧？」

「她需要賺錢的話，應該想辦法在其他安全的地方做生意，而不是在十字路口賣玉蘭花。」

我一時無法反駁他，可是，這個朋友在當時卻被我視為是冷漠無情的人。現在想來，這位朋友說的好像也很有道理。

二〇一二年六月二十一日，有一個奇怪的颱風，名叫「泰利」，快速的從台灣海峽的南端穿越海峽北上，引來強大的西南氣流，把全台灣都籠罩在豪大雨中，當天喜歡上網看新聞的朋友都看見一段三分鐘的影片，在六月十五日的台北街頭，一個拾荒老人的塑膠袋子掉在地上摔破了，袋中的空鋁罐散落一地，幸好，一個熱心的年輕人立刻停下摩托車，幫老人在車輛來來去去的街上趕快把空鋁罐撿起來，包好，載走。然後，這年輕人才匆匆忙忙騎上摩托車趕著上班。

這個好心的年輕人助人全憑下意識的判斷，不會仔細思考在路上撿拾空鋁罐有發生車禍的危險。以他做例子，我決定日後在十字路口看見有人叫賣玉蘭花，下意識的就決定行善助人，掏錢買花，不必東想西想考慮太多。

走過糖廠這棵玉蘭花樹下，我多次想到要自己在家門口也種一棵。五月中旬，利用梅雨季節來臨，我花五百元向做花卉生意的朋友買一棵半人高的樹苗回家種下，希望兩、三年後，我一出門就聞到令人舒服的高雅花香。

當天晚上，朋友特別打電話提醒我，雨天過後，大約一星期澆水一次就好，玉蘭花很會生長的，千萬不要用老師疼愛學生的心理，一看晴朗天氣，樹苗晒到太陽了，不忍心就拿水去澆它，怕它枯萎了。

我疑惑的反問：「為什麼？」

因為，玉蘭花種活以後，如果天天澆水，澆太多水，它的葉子便會胡亂生長，長得太茂盛，反而忘了開花。讓它乾涸一些，它憂慮到環境惡劣，不努力開花散播種子繁衍下一代不可，便會源源不斷開出花朵，花香四溢，令人聞了心平氣和。朋友說出一番大道理來，真是令我大開眼界。

23. 麻豆文旦

十八歲那一年到台北上大學，皮膚曬得黑黑的，加上言行舉止土裡土氣，別人一看就知道我是南部的鄉下人。

常有人問我：「那裡人啊？」

「台南縣麻豆鎮。」

在很多場合，我如此自我介紹，卻有人不知道台灣南部有一個小鎮叫麻豆鎮。多費口舌解釋之餘，如果我說；

「我的故鄉出產一種大大有名的水果，中秋節一定要配著月餅吃的，那就是麻豆文旦。我就是麻豆鎮人。」

對方會立刻出現恍然大悟的表情，大聲「哦」一下，然後點點頭說：「麻豆文旦我吃過，原來你是麻豆人。」

老樟樹，我們的出生地麻豆原來是個以盛產文旦聞名的地方，但是，現在「麻豆」這兩個字卻大大改變了意義，電視上以及大大小小的報章雜誌上每天都出現

「麻豆」的字眼，它從地名變成一種時髦職業的代名詞了。

英文的MODEL原本譯成「模特兒」，是漂亮的小姐以及英俊的男士喜歡擔任的工作，穿上漂亮的衣服，在伸展台上走一走亮亮相，博得眾人的喝采掌聲，便有豐厚的收入，「模特兒」真是時髦動人的行業。

不知從什麼時候開始，MODEL竟然翻譯成「麻豆」，媒體上天天都在講某某「麻豆」如何如何，某某「麻豆」鬧了什麼緋聞。「麻豆」二字滿天飛舞，我看，很多年輕人一定不知道這「麻豆」原來是個地名了。還好，過中秋節的時候，大家還要應景吃麻豆文旦，總算替我們的故鄉留下一些線索。

麻豆糖廠側門出去是一大片麻豆文旦樹，春天快要結束時，麻豆文旦便開花結果，那雪白的文旦花隨風搖曳在枝頭，還真是動人的美麗景色呢！

我的快樂童年就是在雪白文旦花下面度過的。

文旦花盛開過後，花生米大小的文旦會有一小部分被強風吹落樹下，我們小孩子把這些小文旦收集起來，當做是打仗追逐用的小粒槍彈，槍枝則是把小竹子鋸成一尺左右長，中間的小空隙正好可塞入花生米大小的小文旦，再用特別紮成的推進器用力往前推，小粒文旦便「啵」一聲飛射出去，打在人身上，小小的痛，

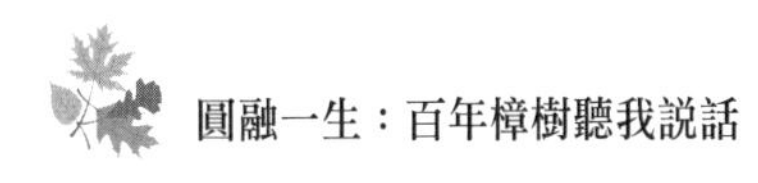

有一點癢，很是有趣。這是五、六十年前，麻豆鎮鄉下小孩子最喜歡玩的打仗遊戲了。

印象中，文旦花盛開前後，到處看得到小孩子人人手上一管竹槍，塞入小粒文旦後，「啵、啵、啵」響個不停，有人喊痛，有人喊救命，有人大聲咒罵，大家笑嘻嘻的鬧成一團，真是快樂無比。

時光飛逝，童年一下子就過去了，小學五、六年級苦讀升上初中，初中三年也是埋頭苦讀才考上台南一中，而後上台北的中興大學法商學院法律系就讀，人，一下子長大了。

記得第一年在台北過中秋節，我大清早起床離開學校宿舍到幽靜的教室裡背中華民國憲法。背誦一兩個小時後，人累了，餓了，到常去的一家早餐店叫一碗豆漿、一個白饅頭，坐下，老兵退伍的老闆好心在豆漿裡打一個蛋，說：

「今天中秋節，你們這些辛苦的大學生也捨不得花錢坐車回南部的家，夠節省的，我免費給你加個蛋，慰勞慰勞。」

我苦笑，連聲道謝。

抬頭，看見對面一家雜貨店門口立一面大旗子，上面寫著：

佳節最佳禮品，

麻豆文旦大減價。

剎那間，喉嚨一哽，喝下去的豆漿差一點嗆出來。

遊子在外，我好想家啊！

老樟樹，想家戀家的我，一當完兵，馬上回故鄉的國中教書，偶而在中秋節前幾天，看到大街小巷有人叫賣麻豆文旦，心裡才沒有一陣荒亂。

麻豆糖廠後面圍牆外密密麻麻幾十棵文旦樹，是一位裁縫師父擁有的，他以前也常跟我們一起打網球，球技不大行，裁縫技術卻大大有名，賺了很多錢，二十多年前從一位有錢人手中買下這大片麻豆文旦園，花了一千多萬。

他說，裁縫這行業已經沒落，很少人買布料訂做衣服，生意都被時髦的百貨公司服飾店搶去了，為了晚年能無憂無慮過生活，他向一位熟識的客人買了麻豆文旦園，平時用心照料文旦樹，每年中秋節前十幾天採收出售，可以舒舒服服安心打發生活。

正好，他唯一的兒子不喜歡唸書，也不喜歡去工廠做工，服完兵役後便接手

照顧文旦園，不至於遊手好閒變壞了。真得感謝老天的巧妙安排，一片文旦園，讓他得以中年改行當果農，也使獨子安安心心在鄉下存活下來。

兩年前開始，這對父子合作開發出新奇的柚子茶、柚子糕出售，賺錢更多了，也算是替保守的鄉下人大大爭了一口氣。

第2卷

人文省思

在糖廠上班的哥哥

老樟樹，當您還是一棵幼苗，搖搖晃晃站在黃土路邊，好奇東張西望的時候，距離您兩、三百公尺遠的地方，有一棟坐東朝西的磚造樓房正好巍峩落成，把路過行人的眼光都吸引住。

一九一二年夏天，距離現在正好一百年，那時候的麻豆糖廠四周圍全是農地，只有鄰近的總榮里有一些簡陋低矮的民房，幾乎沒有人看見過樓房。這當兒，統治台灣的日本當局，委由「明治製糖株式會社」在麻豆糖廠興建二樓高，佔地兩三百坪的磚造行政管理大樓，仿巴洛克的建築風格使它看起來威武、高傲，一塊又一塊紅磚緊密堆砌而成的整齊外牆，透露出日本人一絲不苟的行事格調，相當震撼人心。

這座行政管理大樓，如今已改為藝術品展覽中心，凡是珍貴的藝術作品均在裡面的五個寬敞展場長期展示，要進去參觀，除了禁止喧譁，也必須脫去鞋子才行。

二〇一二年夏天，在這紅磚大樓展覽的是著名金屬雕塑家的觀世音菩薩佈道說法圖像展，一向崇敬觀世音菩薩慈悲風範的我以虔敬的心進場參觀。

夏天午後的氣象真是瞬息萬變，我站在展覽室玄關脫去鞋子，剛剛走進舖著木地板的寬大展場，突然天色一暗，我好奇往窗外看去，天空已經烏雲密佈，涼風陣陣襲來，接著一聲暴雷響起，嘩啦嘩啦的大雨便下來了。

幽暗的展場使我有一種時空錯亂的想像，剎那間，我彷彿在牆邊窗戶下看到我哥哥，他正低頭忙著公事。

五十年前，還是初中生的我，正悠哉遊哉享受著漫長的暑假生活，有一天中午，母親把一個便當盒子交給我，要我趕快送去給在麻豆糖廠法務組上班的哥哥。

哥哥前一天就吩咐了，隔天，他工作很忙，可能沒辦法騎腳踏車回家吃中飯，請我幫他送便當過去。

哥哥是我們家最會唸書的，從台南一中到台大法律系，成績一直呱呱叫，是父母親的心肝寶貝，也是我崇拜的偶像。他當完兵後，便考進麻豆糖廠當職員，使親戚朋友羨慕萬分。

我拿著哥哥的午餐，站在巍峩壯觀的行政管理大樓前面有一會兒，才鼓起勇氣往前走，在別人的指引下，一直走到裡面窗戶邊，停在埋頭工作的哥哥前面。

「你來了。」哥哥偶一抬頭看到我，高興的伸手接過便當。

「你要趁熱吃。」我小聲說著，趕快轉身跑出來。

我想，能在這麼大的機構上班的人一定都很了不起，我渾渾噩噩一個傻小子有幸進來一趟，已經開了眼界，要識趣的趕快離開才行。

老樟樹，我現在年紀大了，明白人要在那裡工作，要認識什麼人，其實都由命運在安排，人自己常常做不了主。

像我哥哥，在麻豆故鄉有一份好工作，可以就近照顧父母，嫂嫂在國小當老師，生了兒子和兩個女兒，在鄉下人看來，人生如此美滿，夫復何求？可是，因為高學歷的哥哥在糖廠沒有順利升遷，他覺得委屈，便辭了工作，去台北金融界上班，嫂嫂和三個孩子也都跟了過去。

哥哥在銀行當到經理，賺了很多錢，他三個孩子都先後去美國留學，兒子和大女兒最後留在美國的大學教書，全家人都有好成就，只不過，一直住在父母身邊的我深深知道，父母年紀大了，很想念哥哥，只是不擅表達的老人家沒有開口

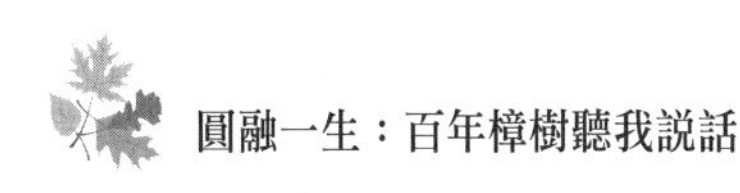

說出來而已。

哥哥倒是很想念兒子和三個擁有美國籍的孫子，每隔一段時間就搭長途飛機去美國短暫停留。在來來回回的飛機上，大概哥哥可以體會出來父母在世時對他的思念心情吧！

哥哥退休後身體很不好，有一次特別回故鄉麻豆看我，大清早的，我們兩兄弟到麻豆糖廠散步。

站在一棵高大的龍眼樹下，哥哥演練一遍他在台北學的心經拳法，而後深深吸一口氣說：

「以前我在糖廠上班，工作之餘，就喜歡在廠區裡走走，呼吸新鮮空氣。現在老了回來看看，還是覺得住在鄉下比較好，比較輕鬆自在。」

我想勸哥哥搬回來住，把身體調養好，但是想到搬家長住不是容易的事，話到嘴邊，又縮了回去。

回台北不久，哥哥病重去世。

現在，清晨在糖廠運動，走過哥哥打拳的那棵龍眼樹下，我便想起哥哥清瘦的身影。我如此領悟：

古人說，鐘鼎山林，各有天性，不可勉強。

有人個性淡薄，凡事看得開，一輩子待在單純的鄉下，庸庸碌碌，沒有什麼成就。有的人則雄心壯志，出外打拚，成就不凡，擁有功名富貴。

不管如何，人年紀大了，最好還是回到出生的故鄉，尤其是空氣清新、生活單純沒有什麼壓力的鄉下，與父母團聚，與子女共同生活，享受人生最珍貴的親情。如此安詳、沒有遺憾地度過晚年，才對得起生命吧！

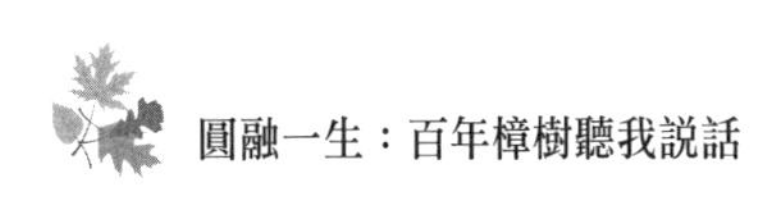

2. 聽老歌騎腳踏車的男人

走出我家巷口便是麻豆國中，從麻豆國中到麻豆糖廠，大約兩、三公里路，在清晨四點半左右，通常只有我一個人手持枴杖踽踽獨行。

不知從什麼時候開始，出現一個聽老歌騎腳踏車的男人，在這一段兩、三公里的路上與我同行為伍。

那男人大約五十多歲，看起來精壯健康，在夏天，他通常是一條短褲搭配一件無袖汗衫，穿的極少，在寒冷的冬天，他也穿著短褲，上身加一件外套而已，挺不怕冷的。

寂靜的清晨，在他出現前，會先傳過來收錄音機播放的動聽老歌，台語的居多，偶而也有國語歌曲。每首歌都很好聽，是我們年輕時候甚至於更小時常常從收音機裡聽到的。那男人，是把收錄音機放在腳踏車前面的菜籃子裡。

老樟樹，走到麻豆糖廠大門前面，我當然是左轉進入糖廠廠區，那男人不一樣，他繼續前行，慢慢騎著腳踏車，沿著糖廠的外環道路往前面的村落而去，大

概，目的地是十多公里外的烏山頭水庫吧？我知道有一些人是喜歡騎著腳踏車來回麻豆與烏山頭水庫，總共大約二十五公里，如此運動保持健康的。

我走進糖廠後，通常還可以聽到那男人播放的老歌。我發現，他選錄的老歌中，可能最喜歡早年留日女歌手陳芬蘭唱紅的《孤女的願望》，因為我常常聽到陳芬蘭輕脆的嗓音唱著：

……………

阮就是無依偎可憐的女兒，

自細漢著來離開父母的身邊，

……………

阮想要來去都市做著女工度日子，

……………

……………

若是少錢也要忍耐三冬五冬，

為將來著幸福甘願受苦來活動，

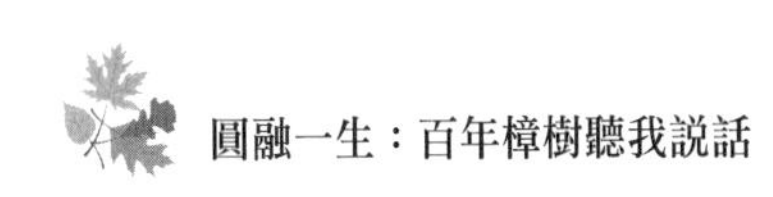

有一日總會得著心情的輕鬆。

很奇怪，有一天清晨走向麻豆糖廠途中，我忽然發覺，好像有一段日子沒看見這個喜歡聽著老歌騎腳踏車的男人了，不知道發生什麼事。

二〇一二年八月一日，有一個叫「蘇拉」的颱風從菲律賓向台灣襲捲而來，帶來一陣陣雨。清晨四點多，我撐著傘走進麻豆糖廠，心裡很篤定，整個廠區一定只有我一個人而已，視線朦朧不清楚，我走路得小心點，不要被什麼小蛇或老鼠嚇到才好。

非常非常意外！我接近糖廠福利社時，又聽到老歌從一片牆後傳過來。會是誰播放的呢？是那個一向跟我一樣早起做運動的男人嗎？

從福利社走過去，我瞥見有人坐在屋簷下供遊客坐著喝咖啡、喝冷飲或吃糖廠冰棒用的籐椅上，不錯，就是那個有一段日子不見了的喜愛聽著老歌騎腳踏車的男人。

他也看見我了，認出是我，揮揮手跟我打招呼。

一陣大雨下來，趁這機會，我結束走路運動，走到福利社屋簷下，跟他比肩

而坐。

「很多天不見你，聽不到你播放的老歌，我走在路上，還有一點不習慣呢！」我笑著收好雨傘。

「我……原來每天經過糖廠外環道路去烏山頭水庫附近看我哥哥的，他在那裡的一間私人療養院養病，上個月他病死了，我忙著辦理他的後事，就十多天沒出來了。」男人說完抬起頭看看黑壓壓的天，彷佛有無限的感慨。

原來是這樣。我想到無意中碰觸到人家不幸的隱私，有點不安，一時不知說什麼才好。

男人長嘆一口氣，說：「我哥哥一生很辛苦，從小就因為患了小兒痲痺症，走路有一點跛，常被人指指點點的，長大後發憤苦讀，通過稅務人員考試，成了公務員，生活才有一點改善，可是，始終找不到合適的結婚對象，所以，一直孤單單的。更不幸的是，四十六歲那年，他們單位因為發生集體貪污案，他無奈牽涉在內，被判刑十年，關了六年多才放出來。出來後，變得有一點奇怪，常說一些莫名其妙的話，沒辦法與人相處，我只好把他送到療養院去住。唉！好可憐。」

「你每天大清早的從麻豆騎腳踏車去看他？」

男人點點頭。「每天早上我去看他，陪他說話，放老歌給他聽，大概是他一天中最快樂的時間吧？」

「兄弟情深，這是很令人感動的，你一定也很懷念這些點點滴滴吧！」

「是呀！」男人低頭調撥收錄音機，陳芬蘭甜美的歌聲立刻流洩出來。「我哥哥最喜歡聽這一首《孤女的願望》。四十幾年前，他第一次領到薪水，立刻買台收錄音機送我，他放給我聽的就是陳芬蘭唱的這一首歌。住在療養院裡，他一聽到這一首歌，眼睛就亮起來，偶而，會掉下眼淚呢！」

老樟樹，陳芬蘭感人的歌聲迴旋在糖廠處處，讓人勾起懷舊的淡淡的哀愁。您聽了，是否也想起年輕時候的種種甜美往事？

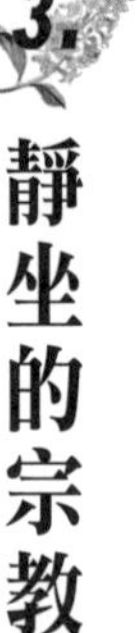

3. 靜坐的宗教團體

常常，大清早在蔴豆糖廠走著走著，我會想到；為何這麼幽靜的環境，綠樹、綠草提供著清新、清涼的空氣，為何，沒有較多的人出現在這裡？

老樟樹，我這個疑問最近有了答案。從今年春天開始，有一個靜坐禪修的宗教團體出現了。他（她）們少時四、五個人，多時有十二、三個，每天大約比我略早或同時或稍微晚一些，在飄浮著玉蘭花香的美術品展覽館前面的水泥地上圍成一圈坐下，人人噤聲不語，聽著播放的柔和佛經修心養性，怡然自得。

我不知道這些人屬於那一個教派？尋求的目標是什麼？但是，手持枴杖走路的我，每一次走過他（她）靜坐附近的道路，便略微提高手中的枴杖，以免一步一敲地面的「叩」一聲驚擾到靜坐冥想的這一些人。

寧動千江水，
勿擾道人心。

我曾經在一所寺廟裡看到這樣的警示標語，所以，我小心翼翼提醒自己，不要破壞這些人禪修的寧靜。

有時候我心情低落，一些煩惱盤繞在心頭，走過這個靜坐修行的小團體旁邊的小路，他（她）們播放的柔和佛經也可以使我頓悟是庸人自擾，提醒自己不要繼續鑽牛角尖，凡事要樂觀往善的方面去想。稍後，清晨的第一道橘紅色曙光在眼前一亮，我的心情隨即平靜下來。

有一年暑假，趁著不必上班、教書的清閒機會，我去印度、尼泊爾旅行，在印度的恆河河畔，我大清早來回散步，便處處見到靜坐修行的個人或小團體，他（她）們也多數聽著宗教的音樂，認真的使自己的心靈與大自然的呼吸融合成一體。這些靜坐的人，不限深色皮膚的印度人，白皮膚的美國人、英國人、法國人、德國人也很多。

感動之餘我也慢慢走下堤岸，走進不算清澈的恆河水裡，學許多印度人，雙手捧起河水往胸前潑灑，並且虔誠禱告，盼望天地間的神靈幫助我洗滌受到污染的心靈。

我轉到尼泊爾旅行，特別去接近埃佛勒斯峯（聖母峰）山腳下的村落走走，

看見一些喇嘛在佛寺前靜坐誦經，我好奇地在一塊稍大的石頭上坐下來觀賞。結果，有一個喇嘛很快走過來，微笑著要我站起來。等我站好，他指一指我坐過的那一塊石頭，原來，那上面刻著梵文的「南無阿彌陀佛」六個字。我疏忽之下一時失禮坐上去，真是罪過罪過。

老樟樹，人有七情六慾，常常無法獲得滿足，有時候甚至於與他人發生爭執、鬥爭，遭遇挫折後痛苦不堪，所以，怨嘆、仇恨、嫉妒等等陰暗情緒纏繞心頭，搞得頭痛、胸悶、失眠憂鬱，彷彿生活在地獄之中。

尤其，二〇〇八年發生的金融海嘯衝擊全世界，大部分民眾失去消費能力，許多企業或工廠失去訂單，不得不裁員、減薪、放無薪假，影響更多人失業、貧窮、飢餓。到了二〇一一年，歐洲許多國家頻臨破產，連銀行業都叫苦連天，一般民眾的生活水準日漸下降，苦不堪言。

台灣也受到波及，許多人失去信心與希望，憂鬱、苦悶，不得不求助於精神科醫生或向宗教尋求安慰，一些「生命線」、「張老師信箱」、「憂鬱症協會」等助人團體忙得很，許多宗教則出面勸人修心養性、消除業障。此時出現在麻豆糖廠的這個靜坐、修行小團體，在台灣各地一定還有很多相類似的組織吧。

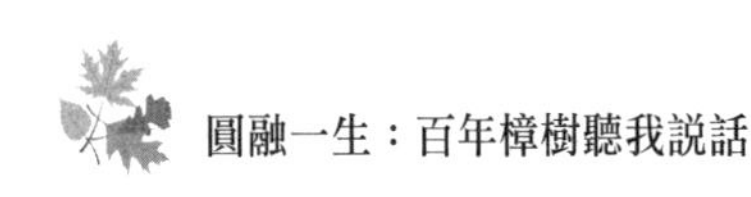

教育部看上我寫作多年，又分別在監獄和憂鬱症關懷協會擔任心理諮商志工的經歷，委託我在台南市立圖書館開設「心靈寫作班」，讓我鼓勵四、五十位學員利用寫作來療傷止痛，再造溫柔心靈。

效果還不錯，所以，課程結束後，我又在台南市立圖書館主講「豐盛之年品味生活」的心靈分享課，主題是「五十歲後的生活智慧」，我深深希望，在人心浮動不安的現今社會，一百多位學員和我能開發人生智慧，把日常生活中遭受到的挫折、恐懼、憂愁等等情緒化解掉。

今天清晨，天氣晴朗，夜空上出現好多好多亮晶晶的星星，我走進麻豆糖廠時，看見一輛豪華的進口休旅車在大門旁停下，走出來一位年輕小姐，她亮著手電筒走到美術品展覽館前面，熄了手電筒，悄悄找到地方坐下，參加靜坐的團體。

主持靜坐團體的白髮蒼蒼老婦人對她笑笑，是歡迎加入的意思吧！然後，十多個男女都挺直了腰，閉目、沉思，無視於周遭喧譁不已的蛙鳴和鳥叫聲。

我仰視天上眾多星星，想著，開著豪華進口休旅車來糖廠靜坐的年輕小姐，家庭環境一定很富裕，她氣質高雅，一定受過良好教育，不知道她有什麼煩惱心結，必須來此靜坐冥想，尋求心靈上的清淨？

4. 作家之死

小我幾歲的一位作家罹患癌症死了，由於他住在距我不遠的地方，我們一向來往密切，他家又世代務農，所以，我一直稱呼他「小農」。小農死後不久，他孝順的女兒得到地方政府的協助，在痲豆糖廠幫他辦了一個紀念展示會。

在報紙的地方版裡看到小農的紀念展示會消息，我惦記在心，隔天下午便跑來糖廠參觀。

老樟樹，說來洩氣，星期天下午的痲豆糖廠遊人如織，可是，大多數人坐在樹蔭下聽年輕的歌手演唱歌曲，也有參觀雕刻品展示的，進入美術品展示館參觀小農紀念展的，竟然只有我一個人。

小農生前出版過十多本著作，大多是他六十歲生命中走訪南瀛大地的所見所聞，這些資料使他在報紙上被稱呼為「鄉土作家」。在現代多元化的社會中，這樣的身分使他失去好奇的吸引力，所以，借用美術教室一角展出的十多本平放的著作，加上一些小農的手寫稿本以及一些小農的日常生活照片，並沒有引起多數人的注意。

我在展示場的窗邊站了一會，看見許多做父母的陪小孩子在草坪上玩各式各樣的遊戲，聽見舞台上年輕歌手唱著歌頌浪漫愛情的流行歌曲，再回頭看看張貼在牆壁上的一張小農微微笑著的黑白放大照片，心頭湧起一股寂寞。小農，我對他說，你女兒實在不應該幫你辦這種紀念展示會的，徒然使好朋友看了難過啊！

我自己當了一輩子的作家，寫了四十多本著作，在心裡，我深深知道，作家是要一輩子耐得住寂寞的，因為，台灣這種喧譁膚淺的社會，愛看書的人並不多，沒有多少人看重作家，我們作家受人邀請到外地演講，賺一點車馬費出出小風頭，小小快樂一下就好，千萬不要自我陶醉以為自己是多麼重要的角色，死後，會有多少人懷念不已。

參觀過小農的紀念展示會以後，我把剛出版的一本九萬多字長篇小說的手寫稿捐給位在台南市的「國立台灣文學館」典藏，並且，鄭重告訴我兒子，我死後，如果有什麼政府機構或文藝團體忽然想到我，要辦什麼紀念展示會，千萬別答應，免得我地下有知感到慚愧。

老樟樹，在這種情形下，我忽然非常懷念「大木」這個風格獨特的前輩作家。

大木這名字也是我私下稱呼他用的，因為他比我大幾歲，他的姓名中又有個木字，而大木即高大樹木，也暗中稱揚他人格高尚，睥睨四方不同流合污。

大木年輕時候在一流大公司工作，中年以後辭職隱居，專心寫詩、畫圖，與太太過著比神仙還高雅、自在的生活。（兩人沒有子女），只不過，寫作、繪畫畢竟收入有限，所以日常生活當然極其簡樸、清苦。

有一年，行政院文建會（現改名為文化部）有人打電話給我，要我代邀大木參加旅行活動，聽說他隱居到麻豆鄉下來了，但是，沒有聯絡電話也不知地址，所以要居住在麻豆的我出面去找他。

我苦笑以對，因為我愛讀大木的作品，但是，我實在不知道他究竟隱居何處？

後來，根據大木在報紙上發表的作品來分析，我知道他租房子住在麻豆糖廠斜對面的村落，幾次在街上也看到他和太太各騎一輛腳踏車進進出出的，果然是我猜想的高雅如「現代陶淵明」的模樣。

有一天我到麻豆糖廠大門邊的郵局，要把剛寫好的一個短篇小說寄出去，好巧，剛停好摩托車，便看見大木也騎腳踏車要來郵局寄稿件，我便走慢一步，排

在他後面。

大木在郵局櫃台前把信件遞給櫃台小姐，說要用掛號方式寄出去，櫃台小姐秤過信件重量，告訴他要多少錢，大木掏出口袋裡的硬幣算了算，驚訝嘆口氣，說，少了十塊錢，信件先放著，他回家拿錢再回來寄。

「不必啦。」櫃台小姐笑著說：「我先幫您墊十元，您以後再拿來還我就是了。」

「我……。」我想說，不然我先借您十元好了，大家都是同行嘛！可是，想到他可能沒聽過我這一號人物，孤傲的他也未必領情要我幫忙。我硬生生把要講的話吞下肚子。

大木向櫃台小姐揮揮手，快速轉身走出郵局騎上腳踏車走了。

輪到我用掛號方式寄稿件。

櫃台小姐笑笑說：「您們作家很有趣，有的人脾氣怪怪的。」

我嘆口氣。想到生活清苦的大木身上帶的錢都是很有限的，一點也沒有多餘，心裡好難過。

不久，大木因腸癌離開人世。幸好，他雖然久住麻豆糖廠斜對面的村落，但

是，他志同道合的太太沒有在糖廠幫他辦紀念展示會。只是，悄悄地寫了一本回憶兩人生活中點點滴滴的散文集來悼念他。

二〇一二年八月五日，中央大學做了一件紀念逝去多年大作家鍾理和先生的大事。中央大學所屬鹿林天文台在火星與木星間發現一顆小行星，把它命名為「鍾理和」，表彰他在文學創作上的重大成就。經過國際天文學聯合會命名委員會通過後，中央大學把這顆「鍾理和」小行星的銘版與模型贈送給「國立台灣文學館」收藏。

台灣作家在死後享有如此殊榮的，據我所知，很少很少。

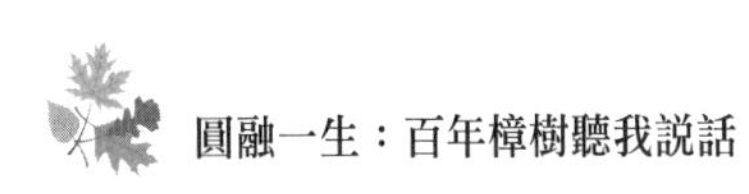

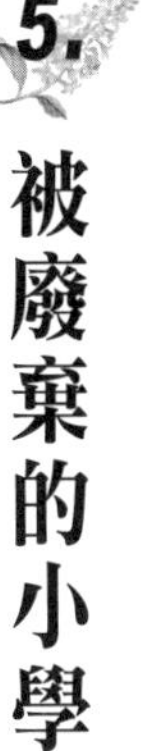

5. 被廢棄的小學

走過糖廠附設小學大門前，我發現這一所被廢棄多年的小學掛上了新的名牌：

兒童藝術學苑

老樟樹，您一生打光棍，從沒結過婚，大概不知道台灣地區目前的男女婚姻狀況和生男育女的情形，我告訴您，這是目前台灣有心人士非常憂慮的一件事：青年男女結婚率很低，在十八歲到四十歲適婚年齡中，未婚或失去配偶的人佔了幾乎一半，因此，小嬰兒的出生人數逐年下降，從十多年前的每年出生三十萬人，逐年下降至不到二十萬，二〇一一年在政府大力提倡生育下，出生嬰兒略微多一點，二〇一二年適逢龍年，許多年輕男女忙著結婚生小孩，預估出生率可比往年提高三成，達到二十四、五萬人。（我家小孫子柏勳也算在裡面。）

老人化、少子化，是目前台灣社會的簡單描述。六十五歲以上的老人越來越多，出生的小孩則越來越少。

二〇一二年九月六日，高雄市教育局統計發表，高雄市一〇〇學年度至一〇五學年度國小學生人數，將減少三萬一千多人，班級數將減少七百七十一班。許多招生困難的小學校勢必裁廢或與他校合併。同一天，我們也看見內政部表示，到二〇一二年為止，台灣地區六十五歲以上的老人已達二百五十五萬人。老人化、少子化的現象真是非常明顯。

幾年前，麻豆糖廠附設小學在台南縣政府命令下宣佈關門，這是少子化狀況下避免財政、人事浪費的必要措施，卻引起地方人士以及學校教職員、學生、家長的極力反抗，文化、教育界聯合起來製作文宣表達強烈不滿，也有朋友要我站出來表示支持，要我盡到作家的社會責任。

我拒絕這樣做，原因有二：

一、距離麻豆糖廠附設小學僅僅二百公尺的地方，便有另外一所公立的「文正國小」，廢掉麻豆糖廠附設小學，並沒有造成小孩子上下學的不方便，卻可以節省資源浪費，縣政府錯在那裡呢？

二、作家關懷社會現象，支援弱勢族群抗拒不公不義的事是正確的，但是我年紀大了，一顆心變得慈悲柔軟，不再喜歡參加上街頭抗議的激烈活動。

像麻豆糖廠附設小學這種比較特殊的小學校，幾年來在台灣各地方都可看見被裁廢的現象，漸漸的，少看見抗爭的群眾了，因為大家已看清楚大時代的變遷，國中小學招生不易，有的高中職校不得不減班或關門，連我們麻豆地區都有一所大學宣佈不再招收新生呢！

老樟樹，目前的台灣，最受大家嚮往的工作是當公教人員，可是，每一年公教人員招考時錄取比例很低很低，往往只有百分之一或百分之二。有一年，我在電視上看見一位女的「流浪教師」接受訪問說；她一直想當正式的國小老師，可是，已經一連六年參加國小老師甄試都落榜，只能繼續奔波各地方當臨時的代課老師，勉強可養活自己，卻不能拿錢回家孝敬父母親。想起來，心裡很難過。

看見她哽咽著說這些話，我心裡一陣酸痛。如果，我有女兒，大學或研究所畢業後幾年也是如此找工作不順利，我不知道要怎麼辦才好。

這是我們麻豆地區民眾的好福氣，當初，麻豆糖廠管理委員會打算把廢棄多年的附設小學改成兒童藝術學苑時，地方人士擔心沒有足夠的音樂、美術、陶藝

等才藝老師，辦不起來，結果，真是地靈人傑的關係，十多公里外的烏山頭水庫旁邊就有一所國立台南藝術大學，多的是教授級的音樂、美術、陶藝人才，得到邀請後，很多人立刻熱心過來指導，於是，臨近麻豆地區幾個鄉鎮很多喜愛藝術的小朋友紛紛報名參加藝術學苑的課程，好事就辦成了。

今年兒童節下午，兒童藝術學苑舉辦兒童藝術展示會，靜態的展覽有繪畫和陶塑作品，動態的活動有小提琴演奏和打擊樂器表演。在一片熱鬧聲中，我也擠在看熱鬧的人群裡，我看到一對祖父母忙著用照相機幫打鼓的孫女照相，祖孫的精神都很高昂，私底下，我十分羨慕。

到明年兒童節，我的小孫子也能走能跳了，我應當會興奮的帶他來麻豆糖廠的兒童藝術學苑參觀小朋友的各式各樣表演，猜想一向表情豐富的小孫子一定會看得手舞足蹈又笑又叫的。只是，不曉得他長大一點會愛上什麼才藝活動呢？

做家長的，最喜歡鼓勵小朋友學畫圖、跳舞或玩樂器，可也十分矛盾，很怕他（她）真心愛上什麼，企圖全心全意去學習、研究，一輩子以此為職業，所以，大部分做家長的，希望子女或孫子當醫生、工程師、律師、法官，最怕他（她）們當演員、畫家或音樂家，因為可能一生窮困潦倒連自己都養不活。

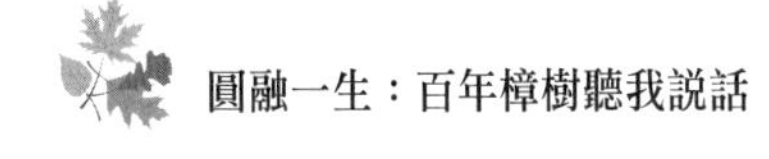

不久前，在報上看到新聞，某大官的女兒三十三歲那年拿到企管博士學位，苦著臉把學位證書丟給父親，自己一個人飛去歐洲，要到某某音樂學院就讀，玩她最喜愛的大提琴。原來，她從小就渴望當音樂家，可是，父親大力反對，所以，她回報父親生養之恩後離家出走了。

這則新聞，大人小孩看了一定都很難過。

6. 有趣的夫妻

冷風颼颼，清晨四點多的麻豆糖廠大門口外面柏油路上傳來「喀拉、喀拉」的奇怪聲音。我停下腳步，沒有像往常一樣直接轉彎進入廠區，在微弱的路燈光亮中，極目遠眺，一幕詭異的景象映入眼裡，使我大吃一驚。

是不是看見鬼了？我心裡嘀咕著。

一個中等身材的男人，慢慢往我這邊走過來，可是，他的上半身搖搖擺擺，一下子往後仰，一下子往前傾。那根本不是正常人走路的姿態。

一個女人走在他身邊，披頭散髮，冷風吹來，那散亂的頭髮左右飛舞，有時遮住她整張臉，使她看起來成為無臉鬼怪，加上她用手拉著一輛嬰兒車，她每走一步，那嬰兒車就在路面擦出一聲「喀拉」，一聲聲敲在人心上，聽起來很不舒服。

那嬰兒車裡，彷彿放了一些東西。我猜想：會不會放著一個剛死去的嬰兒？兩人正想趁夜深無人時偷偷拉出去丟了？

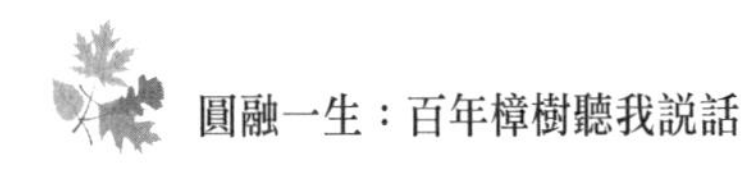

想到這裡我趕忙挪動腳步，轉身進入麻豆糖廠。

老樟樹，我隱身在守衛室旁邊，慢慢的把兩個人看清楚了。

那男人腳上穿著鄉下人工作時愛穿的長筒塑膠鞋，（也有人把它當雨鞋穿），他有一腳是跛的，所以，走路時一跛一跛，上半身因此先往前傾，接著往後仰，藉此保持行走時的平衡。

那女人拉著的嬰兒車，上面放著生意人做買賣時必須用到的電子秤，另外是一個塑膠袋子，（可以放一些零錢、飲料什麼的），還塞了一件外套。

兩個人看起來是夫妻，可是，一直默默走著路往麻豆市區而去。不知道他（她）們從那裡來？已經走多久了？要去麻豆市區做什麼？

以後，就天天在清晨四點多碰見這一對夫妻，有時，正好在麻豆糖廠大門口附近遇上，有時，他（她）們已走過麻豆糖廠大門口，在離我家巷口不遠的地方與我重逢。

為了替小孫子柏勳買一支古代盛行的童玩——波浪鼓，我在麻豆鬧區的市場繞了一大圈，逢人就問；那裡可能買到少見的波浪鼓？

最後，在一條彎曲的小巷子，一位老鄰居經營的小雜貨店看見希罕的波浪

鼓。我一口氣買了三支，花去一百元。

老鄰居用舊報紙幫我包波浪鼓的時候，真是有意思，偶然一瞥，我竟然在隔壁一家鐘錶修理店的門口邊緣，看見我每天清晨去麻豆糖廠運動時一定會遇見的那一對怪異的夫妻，他（她）們在地上擺個小攤子，夫妻倆正忙著剖菱角的外殼，準備出售。

原來這一對夫妻一大早走路出門，是趕著到麻豆鬧區的菜市場做買賣的。

我向老鄰居打聽這一對夫妻從何而來？很令我驚訝，老鄰居說，他（她）每天從五、六公里遠的瓦窯（古代以生產瓦片出名的小村落）走來，在有親戚關係的鐘錶店門外擺小攤子做生意，賣各種蔬菜或水果。這些蔬菜、水果是事先約好由供應商批發給他（她）們的。

「那男的看起來跛得厲害，幹麼不騎摩托車卻用走路的呢？五、六公里要走多久啊？」

老鄰居聽我這樣問，忍不住笑起來說：

「那男的有點傻，又愛喝酒，去年喝醉了騎摩托摔壞了腳，比他大兩歲的太太狠狠把他打一頓，禁止他再喝酒，也不買摩托車給他騎了。」

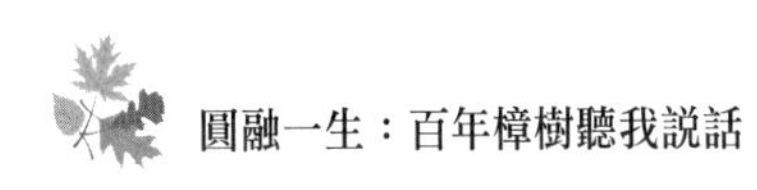

接過我買的三支波浪鼓，走出小巷子，我忍不住回頭看了那一對夫妻一眼，覺得他（她）們真是有趣極了。

老樟樹，這一陣子突然連續幾天看不見這一對有趣的夫妻了，我納悶著：會不會是男的摔壞的那隻腳撐不下去了，再也無法走路出門做生意？或是，夫妻倆鬧意見，吵架過後不願意一起出門了？

我有一點「天下本無事，庸人自擾之」的惦記著這一對夫妻，打算找個空檔去麻豆鬧區的菜市場找他（她）們，結果，更加有趣了，那天清晨，我又在麻豆糖廠大門口附近遇見他（她）們，怪異的夫妻果然很怪異，他（她）們不走路了，而是由女的慢慢踩一輛小的三輪板車，男的坐在車上，悠閒的東看看西瞧瞧，彷彿感到很幸福、自在。

以後，只要雙方出門的時間正好可以湊上，我便會碰見這一對有趣的夫妻，女的因用力踩三輪車而臉孔紅潤，男的坐在車上有時低頭想什麼，或是東張西望，偶而，還傻笑著跟我揮手打招呼呢！

今天早上八點多，我特別到麻豆鬧區菜市場走走，拐到這一對夫妻賣東西的攤子前，發現有我愛吃的蕃茄，我立刻蹲下來，慢慢挑選。

女的突然說：「不可以用力捏喔！番茄很容易爛掉。」

我點點頭，回答：「我捏過摸過的，我都買了。」

結果，買了一袋子的蕃茄，提在手上好沉重。心裡，卻很高興。

台灣人有一句諺語：「娶到某大姊，坐上金交椅。」

意思是說：男人娶年齡較大的女人為妻子，一輩子受她疼愛、照顧，日子可以過得很幸福，生活富足衣食無缺。

這一對有趣的夫妻，女的比男的大二歲，所以，好像一直是女的在照顧男的，男的過著悠閒、自在的生活，大概也很滿足吧！

7. 恩愛夫妻

老樟樹，我最近讀到一位老作家的簡短散文，他說：「人生在世，大得意、大快樂不容易，每天，如果遇見一些小小得意事，心裡享受小小一些快樂，就很好了。」

這種處世哲學真高妙。

幾年來，每天清晨在麻豆糖廠裡走著，幽暗中，在不同的地方看見一對夫妻的身影，偶而，會聽到女的清脆爽朗的笑聲，剎那間，我心頭會湧起一股幸福感受，心情轉好。

感謝老天的安排，每天清晨，就讓我享受一份小小的快樂。

這一對夫妻我認識幾十年了，男的姓楊，是街上一家鞋店的老闆，女的叫阿桃，是我小時候的鄰居，她父親死得早，家裡很窮，她母親到鞋店當傭人，打掃、洗夜服、煮飯，工作勤奮，很得主人疼惜，主人因此允許小小年紀的阿桃常到鞋店後的院子玩耍，與母親作伴。

鞋店老闆只有一個兒子，年紀與阿桃相仿，小學五年級起與阿桃編在同一個班級，兩人發展出青梅竹馬的好感情，下課後，玩耍、寫作業、吃點心都得湊在一起。

阿桃商職畢業後開始在楊家的鞋店當店員，這時候的鞋店大樓翻修擴建，外觀亮眼，男女鞋子式樣新穎繁多，生意相當好。阿桃在二十一歲那年得到她等待多年的好機會，高高興興嫁給老闆的兒子，正式成為楊家的一份子。

年輕的夫妻感情好，同心協力把鞋店經營得有聲有色，幾年後，又在曾文溪畔買地蓋房子，年老的老闆便放手把事業交給兒子與媳婦，自己幸福的搬到新房子住，安心過退休生活。

二、三十年歲月匆匆而過，阿桃與她先生也年紀大了，他們的兒子對唸書沒有多大興趣，專科唸完去當兵，退伍後留在自家鞋店學著做生意，倒也十分上手，因此，阿桃與他先生樂得早早退休，在兒子結婚後，兩人便結伴到處去旅遊，幾年來，則聽從醫生的建議，每天四點整便出門走路做運動，要把身體保養好，享受長壽人生。

不知道阿桃和她先生每天清晨固定走那幾條路？最遠走到那裡？但是，每天清晨五點過後，他（她）們一定在麻豆糖廠裡出現。幽暗中，我遠遠看見兩個身高相仿的人影走過來，有說有笑的便知道是他（她）們，或是，偶而從那個角落傳過來阿桃清脆爽朗的笑聲，我便知道這一對夫妻來到麻豆糖廠了。

老樟樹，長輩們常說：

「家有讀書聲，其家興盛。

家有麻將聲，其家衰微。」

我想再加上一句：

「家有女人開朗、友善的笑聲，其家一定興旺，生活和樂融融。」

阿桃那種清脆、爽朗的笑聲，在我這個歷盡滄桑、洞悉人情世故的老人聽來，表示阿桃是個感恩惜福好相處的女人，家庭中有這種善體人意的主婦，家人便不容易發生衝突，惹出麻煩事情，生活一定美滿幸福。這也是我每天清晨遇見阿桃與她先生，便有一份小小的快樂感受的緣故。

人人都知道，婚姻是挺麻煩而必須用心經營的大事，所以，世上恩愛夫妻不容易出現。像我們台灣，離婚率之高排世界前幾名，人口才兩千三百萬，每天離婚的夫妻便有一百多對左右，恩愛夫妻少之又少。

我以前演講時常說，台灣人好像很難相處，政治上，不同陣營的政客每天互相咒罵，毫不留情，而一般夫妻，動不動就鬧意見，爭吵不已。平均四對夫妻中，有一對吵吵鬧鬧爭鬥不休，有一對離婚或分居了，有一對則冷淡相待，馬馬虎虎過日子，只有一對恩恩愛愛可以白頭偕老。

我這樣強調時，很多聽眾苦笑之下無言以對。他（她）們知道我說的是事實，可是，又不知道如化解自己婚姻上的麻煩。

有年輕朋友向我請教，要如何選擇結婚對象？

我會提醒大家：「男下娶」，男方選擇條件不如自己的女性，「女高嫁」，女方選擇條件比自己好的男人出嫁。這樣的結果，比較能確保雙方和諧相處，把婚姻維持下去。

像阿桃，家世背景、經濟能力皆不如她先生，兩人結婚後，女的任勞任怨過日子，心甘情願，男的不會因為自卑，感受到壓力而鬧彆扭亂發脾氣，雙方又相愛有感情，便是美滿幸福的婚姻。

如果經過謹慎選擇，結婚後依然鬧意見合不來呢？

我要勸告這些婚姻不幸的男女，人與人相處，有善緣與惡緣，夫妻不合，便

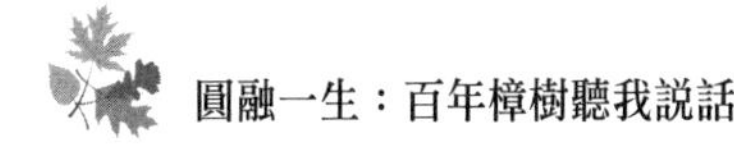

是碰上惡緣，碰上前世或累世結怨的冤親債主。離婚嗎？沒有用，欠債尚未還完，下輩子依然糾纏不清。只能認命過日子，耐著性子把欠對方的債務一點一滴清償掉，受其欺負，甚至受其陷害與羞辱，都委屈忍受下來。一旦緣分盡了，自然有人死亡，一了百了，徹底獲得解脫。

有這樣的領悟，在不如意的婚姻中才能苦笑過日子，不至於想傷害別人或傷害自己，做下糊塗事來。

8 白痴說，不可以打我喔！

學生時代看過一部令人震驚、難忘的電影——《鐘樓怪人》，性格巨星安東尼．昆飾演面貌醜陋又駝背、暴牙的男人，負責看守龐大複雜的教堂，蘇菲雅．羅蘭飾演常到教堂參拜的漂亮小姐，安東尼．昆情不自禁愛上她，造成哀傷感人的悲劇。

看過《鐘樓怪人》這部電影的影迷，相信都跟我一樣，忘不了安東尼．昆在影片中痴情卻醜陋至極的怪模樣。

造化弄人，在我居住的小鎮，竟也常看到一個體型小一號的「鐘樓怪人」，他也駝背、暴牙、面目醜陋，可憐的他，衣衫襤褸，每天要傻笑的向人乞討食物、飲料，才能勉強把日子過下去。

老樟樹，我第一次在街上看到這個怪人，是他蹲在菜市場一角吃著粽子，那醜陋的奇怪模樣真可能嚇壞膽小的孩子。

怪人的身世說法不一，有人說他出生後就被棄養，是寺廟的人把他養大的，

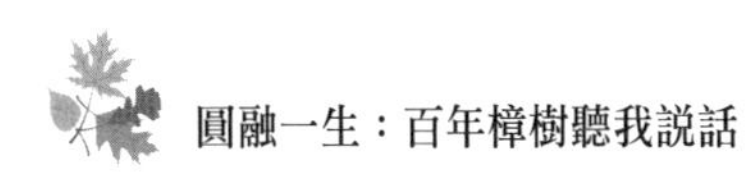

撫養他的人死去後，他便到處流浪乞討為生。也有人說他父母是貧窮的農人，整天忙著工作，不能照顧他，便任由他到處亂跑。

怪人的模樣惹人討厭甚至於使人害怕，所以，在小鎮上，常有人打他、趕他走開一點，也有小孩子拿石頭、磚塊丟他。被欺負慣了，怪人竟然有了口頭禪：

「不可以打我喔！」

他整天在小鎮上晃來晃去，常常自言自語；「不可以打我喔！」很多人又好氣又好笑，便罵他「白痴！」、「神經病！」

怪人的命很硬，風吹雨打，忍飢受凍，都沒有難倒他，他像一叢卑賤卻堅強的野草，一年一年活下去。這一點，倒使我很佩服。

有一年春節期間，我在大街上看到怪人，真是刮目相看，驚訝不已。他剛剃過頭，也刮了鬍子，衣服、褲子全是新換的，胸前口袋中還放一個紅包。他開心地咧著嘴笑，喝著蘆筍汁，顯得意氣風發、不可一世。

我忍不住笑起來。麻豆這鄉下地方，畢竟有濃厚的人情味。所以，不知道那個有愛心的人，看著過年了，不忍心怪人依然一副髒亂的模樣，便幫他洗刷一番，換上新衣服，還給他一個紅包。

老樟樹，這幾年來，怪人不知怎的，常常一大早就在麻豆糖廠裡晃來晃去，與我碰面的機會便多了。

我猜想，麻豆糖廠成為有名的藝文觀光景點後，遊人多，垃圾也多，怪人比較容易在這裡撿拾剩飯剩菜吃吧！

有一天早上，因為一個晚上沒睡好，（很多老人常有睡眠障礙，我也有這種毛病），走得有點累了，我便在廠長宿舍外面的長椅子上坐一會，忽然聽見身後有人說：

「不可以打我喔！」

沒有驚訝嚇一跳，也沒有回頭看，我便知道怪人出現了。果然，一個佝僂身影從我右側走過，走到不遠處有水龍頭的地方，他蹲下來扭開水龍頭，趨前喝幾口自來水，然後，找個長凳子躺下來，很快的，打著鼾聲睡著了。

遠遠的，望著怪人的身影，我想起一個有趣的話題。

怪人常被笑罵是「白痴」、「神經病」，這種字眼，其實很傷人的。

我有一個在國中教書的學弟，常被一些不知天高地厚、調皮搗蛋的國中生氣得全身顫抖差點昏倒，有一次實在氣昏頭了，忘記上級長官的諄諄告誡，對著學

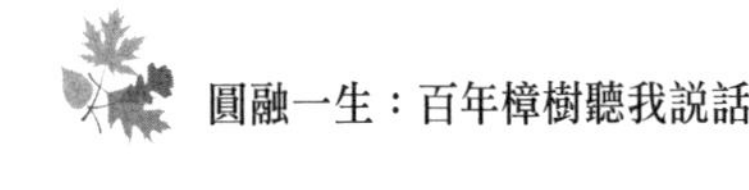

生大罵：「混蛋！白痴！你們去死吧！」

結果，學生自認受到羞辱，回家向家長控訴，不明事理的家長向教育局長投訴，調查下來，認為我這個學弟出言不當，有損師道，長官要他私下向學生們道歉、認錯。我的學弟不肯如此作賤自己，便被記了一支小過。學弟勉強任教到滿五十歲，立刻申請退休回家過有尊嚴的生活。

現在的教育理論強調，絕對禁止體罰，不可辱罵學生。

將近五十年前，我就讀台南一中高一的時候，上課中舉手向數學老師說，他某某地方計算錯誤。

數學老師先是一愣，繼而叫我走到講台前面，他突然出手，當眾打了我一巴掌。

三十年前，我在北門高中教國文，有學生舉手說，我某某字發音錯誤。

我一愣，稍後利用下課時間查「說文解字」這本大書，再向學生們說明來龍去脈。以我的人格特質，我不可能當眾打學生一巴掌。

當老師，要有足夠的愛心和耐心來應付學生們的種種突發事件。現在當老師的，如果情緒失控打罵學生，一定被解聘或記過。每年，都有很多人搶著要通過

錄取率只有百分之一或五十分之一的考試去當老師，不知道他（她）們心理上準備好了沒有？

今天早上我走出麻豆糖廠大門，正好怪人佝僂著晃進來，我們在明亮燈光下互相凝視一會，我發現怪人有長長的「人中」，（鼻子與嘴巴之間的兩條平行線），傳說，「人中」長，可以長壽。

想到怪人還要在這世界上活上很多年，難免被一些人辱罵「白痴！」，「神經病！」我替他感到有一點難過。

這世上，有些人總是冷漠無情的。

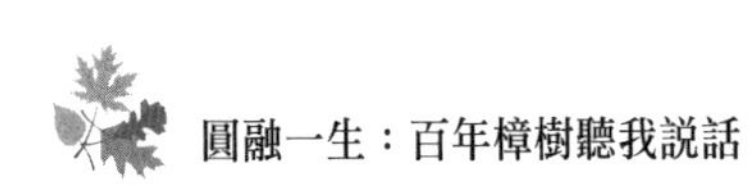

9. 好棒的年輕人

每個星期六、星期天的清晨，非常準時地，在五點十分，一個二十五、六歲的年輕人便出現在麻豆糖廠，身穿短褲、短袖上衣，腳著白色運動鞋，左手握一卷毛巾，在園區跑步，大約一個小時。

年輕人留著小平頭，步伐不快不慢，呼吸平穩自然，我偶而在明亮燈光下與他擦身而過，看他臉色紅潤五官端正表情愉悅，便忍不住在心裡暗叫一聲：好棒的年輕人！

老樟樹，目前的台灣社會，對年輕人有一些不好的形容詞：

「草莓族」——像草莓一樣脆弱，忍受不了職場上的責任、要求，也經不起日常生活中的折磨、考驗。

「月光族」——生活萎靡、浪費，每個月賺的錢一定花光光或經常負債。

「啃老族」——好吃懶作，不肯上班工作，寄居在年老的父母家中，生活所需完全仰賴父母供應。

其他更爛的一些年輕人，好逸惡勞，吸毒、酗酒，常常向父母要不到錢便咒罵不已甚至於拳打腳踢，毫無人性。

固定利用星期六、星期天放假日清晨就來麻豆糖廠跑步、健身的這個年輕人，聽說在附近工業區一家公司擔任工程師，在他身上，我當然不會聯想到前段所說的年輕人的種種惡劣行徑。

以前我在台南高商擔任心理輔導老師，常常在諮商談話中被女學生如此問道：

「老師，遇見理想的男孩子，我們可以倒過來主動追求嗎？」

當然可以囉！我會這樣說。然後，提醒他們，好的男孩子其實並不多，有機會遇上了，千萬不要錯過。

像我固定在星期六、星期天清晨與之相遇的這個健康令人喜歡的年輕人，如果我有女兒與他年齡相近，我一定主動製造機會與他攀談，想辦法把自己的女兒介紹給他，成就一段好姻緣。

我做心理輔導工作一輩子，每次看見條件好的女性糊裡糊塗嫁給好吃懶做生活散漫的男人，我就感到很難過。

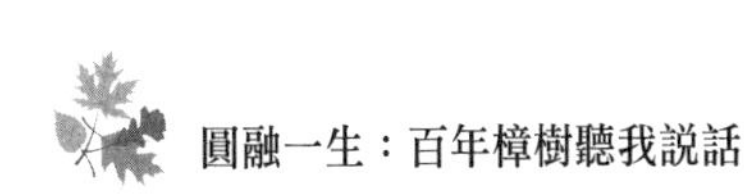

田徑女傑紀政女士致力於推廣全民健身運動，她有一句口號家喻戶曉：

「每天一萬步，健康有保固。」

我是聽從紀政女士呼籲的人，現在，就是每天盡量找機會走路做運動。

年輕時候，我打網球，不是隨便玩玩而已，是擔任校隊，東西南北去參加比賽，以此維持身體健康。

五十歲那年，我從職場上退休下來，也因為「五十肩」的關係，右手臂酸痛無法舉高發球、摜球，所以，我也從網球場上退下來，改以慢跑來緩和身體的衰老。

六十歲開始，我因為兩腳膝蓋酸痛，無法維持每天慢跑兩千公尺的習慣，不得已，改以每天清晨在麻豆糖廠走路一個小時當做運動，希望不要衰老得太快，百病叢生，成為兒子、媳婦的負擔。

運動時很奇妙，身體自己會分泌一種好的賀爾蒙，使人心情愉悅、凡事往好的方向去想。如此，就是紀政女士強調的「健康有保固」了。

在台南市憂鬱症關懷協會當心理志工的時候，我時常提醒憂鬱症患者，在陰鬱的冬天，記得找機會多晒晒太陽，掃除心頭的鬱悶，平常，則多運動多流汗，使心情振奮，達離憂鬱。

老樟樹，最近，這個好棒的年輕人從我身旁跑過的時候，我心中升起一股複雜的感觸：

首先，我有一點嫉妒他的年輕、強健。他的朝氣蓬勃我曾經擁有過，可是，曾幾何時，我跑不動了，現在的我，由於腰椎長骨刺，發作起來，痛得直不起腰，走路艱難，我不得不每天清晨起床時向蒼天禱告；

「天地間的神靈呀，請保佑我幾年內還可以正常走路可以緩慢上下樓梯，如此，我才可以幫忙照顧我的小孫子柏勳，可以抱著他到處走走玩耍。」

其次，我提醒自己，對生死要看得開。

有一次，一位做小生意退休的老朋友跟我說，他儲蓄的錢快花完了，身體卻還很硬朗，短期內死不了，將來不知道要怎麼辦才好？

我是按月領退休金過生活的人，二〇一二年底，台灣的經濟壞到令薪水較低的勞工朋友沮喪、憤怒，立法委員大力抨擊，全國四十多萬領月退俸的退休軍公

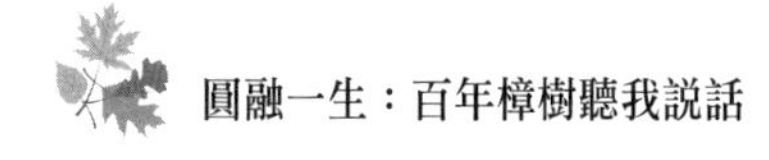

教人員不該再有年終慰問金，行政院長陳冲於是下令把這筆錢取消，全國可節省一百八十億元。這件社會關注的大事，使我想到，「老人化、少子化」的台灣社會，我們這些六十五歲以上的老人將來勢必越來越成為年輕人的負擔，所以，我們如果百病纏身，自己痛苦難堪，下一代的年輕人也要被拖垮，為了台灣的正常永續發展，我要維持多年來不做身體健康檢查的習慣，是想，一旦絕症上身，就淡定面對事實坦然死亡吧！

10. 我的學生開早餐店

麻豆糖廠大門口的郵局是一個醒目的地標，外地來的遊客一看到那間三層樓的郵局，便知道麻豆糖廠改成的藝文中心到了。

老樟樹，郵局旁那家生意興隆的早餐店是我第一年在國中教書時的一位女學生經營的。

一九七二年夏天，我在空軍服完預備軍官役，開始在國中展開教書生涯，第一年任教兩班國一學生的國文，一班是全校最好的男生班，另一班是不打算升學的男女生混合班級。

在程度最好的班級上課，很輕鬆，因為他們的規矩非常好，我只要加強補充較多的資料，幫助他們吸收就好了。

在不升學的男女生混合班級上課，把秩序維持好是最重要的事，這些學生對讀書沒有興趣，上課中比較坐不住，也比較調皮搗蛋，他（她）們一些奇奇怪怪的行為有時會把比較嚴肅、呆板的老師氣得七竅生煙，差點昏倒。

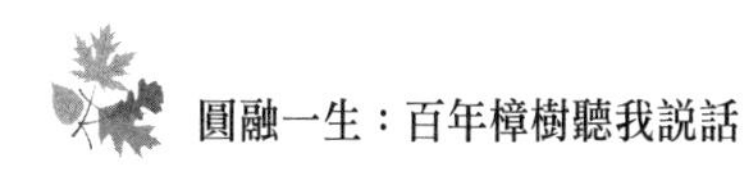

這種班級的學生，男的常常被比擬是不好應付的牛頭，女的則是準備畢業後去紡織廠當女工的，兩種學生常被一些老師戲稱是「牛郎、織女」。

我跟「牛郎、織女」相處，倒是如魚得水，因為我本身也不是愛死讀書的人，我常有一些奇奇怪怪的想法，口才又不錯，可以把國文課本上相關的人物故書說得生動有趣，所以，上課中，「牛郎、織女」大多還能安靜坐到下課。

阿秀個子比一般女孩子高，人長得漂亮，我常叫她幫我做一些事，給她在平常考查上多加些分數，因此，她看見我常常遠遠的就大聲打招呼。

三、四年前開始，我每天大清早就到麻豆糖廠走路做運動，直到天亮後才回家，路過郵局旁邊的早餐店，發覺生意很好，有一天便決定去買些東西。

「老師！」老闆娘大聲的親切的打招呼。

我很驚呀。「妳怎麼知道我以前是老師？」

老闆娘這時哈哈大笑起來，說：「我是阿秀啦！您很久以前教過的學生。最近常看見您走過去，還不大敢確認，今天您就站在我面前，我一眼就認出您了。」

四十年後師生再相逢，我們都很珍惜這種緣分，我開始在阿秀的早餐店買全家人的餐飲食物，價格方面，阿秀都特別優待一些。

我常在阿秀的早餐店看報紙，有一次剛坐下來，阿秀就以傷感的聲音跟我說，她們那一屆的狀元學生，綽號叫「聰明阿蘇」的，才四十九歲，不幸死了。

我嚇了一跳！「聰明阿蘇」正是我第一年任教學生中最出色的男生，國中畢業後保送台南一中，又跳級考進台大醫科，是非常有名的心臟科權威醫生，怎麼會突然死了？

阿秀說她回娘家時聽同村的人說的，「聰明阿蘇」當醫生後很喜歡爬山，有一次他和幾個好朋友一起去山中旅行，有一個人不幸失蹤沒有回來。幾天後，「聰明阿蘇」一個人再回去深山裡，希望能找到那個好朋友，結果，大概失足跌落山谷，當天晚上沒有回家。第二天家人託人入山尋找，找到時，「聰明阿蘇」在寒冷飢餓中已經死去。

我的天呀！這消息讓我難過好幾天。幾年前，「聰明阿蘇」託他的病患向我拜年問好時，我特別委託那個熟人轉送給他一本新出版的作品，我在上面寫著：

「我是個讀書成績不好的老師，卻有你如此會讀書的出色學生，真是奇蹟！」

聽說「聽明阿蘇」在診療室翻開我的新作，看到這一段文字時哈哈大笑，笑得很開心。如今，這一切場景都已如過眼雲煙了。

老樟樹，二〇一二年冬天，不知道是誰把我一篇舊作〈最後一堂課〉發到網上，配上背景和音樂，竟然爆紅，紅到東南亞華人地區，我媳婦的朋友把文章傳給她，她帶回家來給我看，引起我諸多感慨。

〈最後一堂課〉寫一個連國中「牛郎、織女」班都沒唸完的男人，輟學後混跡黑社會，長大後犯了死刑重罪而入獄，在獄中聽聞我以十分生動有趣的方式講人生小故事給囚犯聽，他很好奇便申請來聽我講課，聽他人生的最後一堂課。

這篇文章是我退休後在監獄講課將近五年的奇特紀錄，有位教授奉教育部委託要編一本書給年輕人看，特別收錄我這篇文章，他通知我會付稿費一千八百元，我立刻湊成兩千元捐給「台南市憂鬱症協會」。我希望看過這篇文章的人，都能以慈悲心看待那些愛鬧愛玩不愛唸書的學生，不要歧視他（她）們，多給他（她）們機會去發展，才不會讓他（她）們走投無路進入黑社會，造成人生悲劇。

每天清晨走過阿秀經營的早餐店，我都感到很欣慰。一枝草一點露，真的不假。

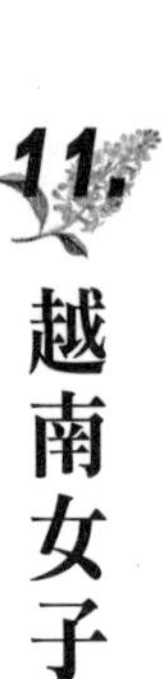

11. 越南女子

老樟樹，「立冬」之後，麻豆地區接連下了兩次雨，天氣便轉涼了。

有議員心疼窮困人家生活不好過，便聯合幾個熱心的公益團體在麻豆糖廠擺下攤子，讓一些婆婆媽媽煮出好吃的菜餚、點心來義賣，收入當然全部捐給度過冬天有困難的一些家庭。

那天下午，我肚子有點餓了，也湊熱鬧進來麻豆糖廠找點心吃，走過阿秀掌管的攤子，一張「越南河粉」的宣傳貼紙吸引了我。

阿秀向我招招手。「老師，來吃點什麼吧？」

我點了一盤「越南河粉」，坐下來。「不簡單呢！妳也會弄越南菜。」

阿秀大笑。「今天要別出心裁賣外國料理才生意好，所以，我特別請阿阮出來煮越南菜，果然，很轟動。」阿秀把個子比她矮一個頭的阿阮拉過來。「你不知道她是道道地地的越南女子吧？」

十幾天前，原來幫忙阿秀賣早餐的婦人因為年紀大不能早起而辭職了，阿秀

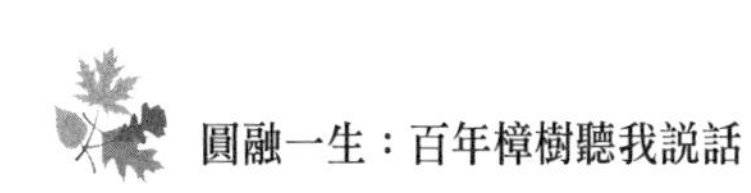

立刻請阿阮過來幫忙。只聽說阿阮是她一個親戚的太太，平常，微笑待人，默默做著事情，很勤奮的樣子，沒想到，還是越南嫁過來的。

阿阮微微紅著臉向我鞠躬問好，然後端給我一盤香噴噴的「越南河粉」，才轉身拿一個水桶，要到別處去提水。

阿秀說，阿阮家境不好，沒唸什麼書，為了幫忙窮困的父母蓋一幢房子，她自願為台幣三十萬元聘金嫁來台灣。阿秀的親戚是家中長子，人很善良，年輕時候學習修理腳踏車，然後利用老家在路邊的簡陋房子開腳踏車店，賺錢供應弟、妹妹唸書，自己的婚事便耽擱了。四十歲那年，託人帶他去越南相親，看中嬌小溫柔的阿阮，把她娶回來作伴。

兩人婚後很合得來，生了一男一女，阿阮很伶俐，學會說台灣話，不特別介紹，初次接觸的人還不知道她是越南女子呢！

阿阮在兒子、女兒相繼上小學後，自己接針織廠的手套在家裡做，賺一些零用錢。阿秀看中她樸實可靠，在早餐店的助手不能繼續幫忙後，便拉阿阮過來，用心教她做生意，希望她將來可以把早餐店繼續經營下去，自己就能夠在五十五歲退休好好享受生活。

老樟樹，台灣其實是個種族混雜的地方，先是菲律賓、印尼等南島語系的人民移居過來，成了台灣的原住民，接著中國大陸的民眾大量移入，使台灣地區人口爆增，然後，二十年來，由於許多台灣的男人娶越南、菲律賓、泰國、印尼以及中國大陸的女子為妻，生下很多很多小孩，便使台灣真正成為民族的大熔爐了。

一般善良的台灣民眾不會把人區分為本身人、外省人、台灣人、外籍新娘、外籍小孩。我很欣慰地看見，很多縣市政府舉辦外籍新娘的文化、才藝表演，讓她們對自己建立信心，如此，才有能力把自己的家庭、子女照顧好，使台灣底層社會不會混亂、瓦解。

有一天清晨，我要到麻豆糖廠來運動時，走過麻豆國中大門前，看見一張大紅貼紙，上面寫著；歡迎外籍新娘到校參加識字班、國語會話班。因此，我離開麻豆糖廠到阿秀的早餐店買東西，便把這消息用台灣話告訴在煎荷包蛋的阿阮。

阿秀停下調配客人飲料的動作，好心提醒阿阮，這是一個好機會，一定要趕快去報名。

阿阮張大眼睛想了一下，立刻點點頭。

我想，阿阮如果認識一些字，學會說國語，就比較方便照顧兒子、女兒做功課，起碼，可以利用兒子、女兒的導師的聯絡簿跟導師多多溝通意見，做個稱職的好媽媽。

第一道冷鋒過後，早上十一點多，難得出現微弱陽光，使星期天的假期洋溢一種溫暖、幸福的氣氛。

我用嬰兒車推小孫子柏勳來麻豆糖廠玩，在兒童藝術學苑前面的寬廣柏油路上，看見阿阮在教她女兒學騎腳踏車。

小女孩膽子小，坐在車墊上，兩腳一踩動，小型腳踏車歪歪斜斜跑起來，嚇得小女孩哇哇叫，堅持要阿阮用雙手幫她把腳踏車扶好。

阿阮來來回回扶著腳踏車跑幾趟，說她累了，便帶著女兒坐在草坪上休息。一抬頭，看見我，阿阮揮手打招呼，還大聲逗我小孫子玩。

我把小孫子從嬰兒車裡抱起來，他便好奇把玩阿阮女兒的紅色小腳踏車。

「幾個月了？」阿阮伸手摸小孩子的頭。

「九個多月了。」

「他漸漸長大，你抱他久了會雙手酸痛，最好，你買一張嬰兒椅子固定在腳

踏車上，載著他到處玩才方便。」

我笑起來。「妳在勸我去妳家的腳踏車店買一輛車子嗎？」

阿阮開心大笑。「正是這意思，讓我們賺這一筆錢啦。」

我點頭說好。心想，阿阮真是個有趣的越南女子。

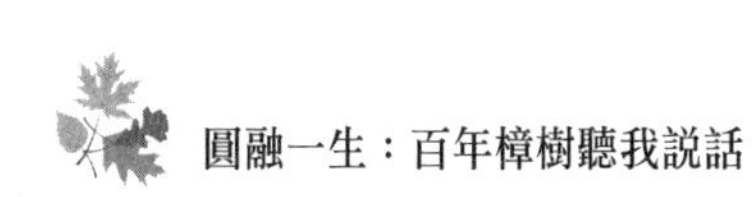

12. 送兒子上學的母親

老樟樹，像我這種從事心理輔導工作的退休老師，每天看報紙，最在意的就是看到有一些做父母的，忙於工作賺錢或自己忙著娛樂享受而疏於管教子女，讓子女變壞，成為社會的負擔，這種事情最讓我惋惜、難過。

因為這個緣故，每天到麻豆糖廠來運動後去阿秀的早餐店買東西，都看到一個中年婦人幫兒子買早餐後陪他在附近的校車停駐站等候車子，再親自送兒子坐上車子去學校，我心裡有許多感觸。

有一個舊識的婦人，逢人就說，兒孫自有兒孫福，做父母的不必操心管太多。她強調，她先生死後，兩個在高中就讀的兒子都自己過生活，沒有變壞，順利考上大學找到工作，一點也不用她操心。其實，她大兒子高三那年氣憤她亂交男朋友，成為親戚朋友的笑柄，一度自暴自棄逃學四處遊蕩，學期末知道有三門功課即將被死當，畢不了業，因為我是學校的老師，才慌慌張張來找我，拜託我務必救他一次。我與他父親原本有交情，不忍心他畢不了業，硬著頭皮去懇求相識的

英文老師，加分，讓他有六十一分，其餘兩科便可以補考，勉勉強強可以畢業。然後，考上一所私立大學夜間部，服完兵役後又唸研究所，在學中，有機會結識某公家機構前來進修的主管，經這主管幫忙，順利在研究所畢業後考進那公家機構工作，一生才得以順利走下去。現在，每當我聽他母親在眾人面前說兒子不必她照顧，照樣活得好好的，我對她就有說不出的嫌惡。

二〇一二年十二月八日，全國民眾票選最能代表一年來台灣狀況的字，是「憂」。在歐洲經濟崩壞，中國和美國經濟發展遲緩的影響下，台灣景氣衰退，政府種種措施失當、失能，社會大眾一肚子氣憤與沮喪，憂國、憂社會、憂家庭，的確是很普遍的現象。

在這種狀況下，為人父母的，一定要有愛心和耐性多多陪伴成長中的子女，使他（她）們不受外在環境的影響而變壞，養成邪惡、乖戾的性情，或是被黑道吸收，走上人生的不歸路。

那個幫兒子買早餐並且送兒子坐上校車去上學的中年婦人，每天與我碰面，久了，互相打招呼問好，便成了熟人。

有一天她微笑著問我；「聽說您是退休的心理輔導老師？」

「是呀。」我點點頭。

「真佩服您，每天幫全家人買早餐。」

「我太太每天早上出門去運動、買菜，要八點多才回來，那時，我兒子已經上班去了，他們如果在路上停下車子找早餐吃，一定比較麻煩，所以，我就每天幫他們買好早餐，他們起床後可以在家裡舒舒服服吃早餐，看看電視或報紙，有時候也可以跟我聊一聊，這樣的生活就比較幸福、溫暖。」

「我是每天要親自送兒子坐上校車才安心，因為他曾經變壞逃學，差點回不了頭。」

老樟樹，中年婦人說，她婚姻不幸，丈夫有外遇，還逼她離婚，幸好公婆待她很好，一直在經濟上支助她，幫她照顧唯一的兒子，讓她可以安心的上班工作。

麻煩的是，公婆年紀大了，過分疼愛孫子，讓他養成任性、愛玩愛鬧的個性，國中時期結交壞朋友，沉迷打電動玩具，功課因此很差，高中聯考落榜，唸的是私立高職汽車修護科。

中年婦人在朋友介紹下加入佛教唸經會，團體裡的師兄師姊提醒他，把孩子教好，是人生第一要緊的事，孩子有逃學在外面遊蕩的壞行為，一定要及時糾正，

多花時間陪他，了解他，建立良好的感情，慢慢把他引導往正確的方向。

從高職二年級起，中年婦人每天幫兒子買早餐，送他坐上校車，也常常跟兒子的導師聯絡，充分掌握兒子的動向，兒子沒有壞朋友的聳恿，漸漸的作息正常起來，加上他又特別喜愛修理車子與車子打交道，功課也就大有進步。

升上高職三年級，很難得的，他自動去補習班上課，立志要考上科技大學，讓母親有面子呢！

現在的社會，很多年輕人不敢結婚，甚至於不敢生孩子，怕孩子不好教不好帶，認為培育孩子是很麻煩很沉重的負擔。因此，在這裡要引用一位師父說的話來安慰天下所有的父母親：

有一位母親向師父說：「上人啊！我兒子唸書的成績很不好呢！我很苦惱。」

師父回答：「不會唸書不要緊，身體健康正常就好了。」

母親說：「他不喜歡運動，身體狀況也不好呢！」

「沒有關係，兒子平常乖乖的就好。」

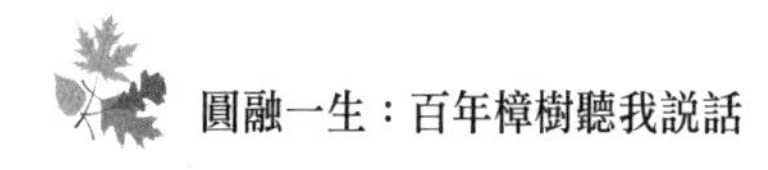

母親嘆口氣：「他不乖，常常惹是生非。」

師父想了一下，做出結論說：「人嘛，有兒子就很好了。」

人生在世，認真指導子女、管教子女，子女不一定能成功成器，所以，努力之後就認命接受子女的種種狀況吧！畢竟，子女與我們的累世因緣如何？其中有何因果報應只有老天才知道。

13. 假日電影院

在台南縣併入台南市之前，有很長很長一段時間，整個台南縣只有我的故鄉麻豆鎮擁有電影院，比較陳舊的「電姬戲院」已塵封不營業，經過改裝的「麻豆戲院」則分成「龍」、「鳳」二廳，依然為喜愛電影的觀眾提供服務，一次看兩部，價格比台南市的戲院便宜一些。

老樟樹，從今年春天開始，麻豆糖廠的志工們把陳舊的糖廠圖書館整理出來改成「假日電影院」，在休閒假日，放映稍舊的好看電影，免費供人觀賞。這真是高雅的好點子。

清晨，在幽暗晨光中，我偶然站在「假日電影院」前面的廣告欄下面仔細看看即將放映的電影片名，大多數是我看過的，乘機回味一下，倒也很有意思。

我是標準的影迷。

四十多年前，在台北當窮困的大學生，因為實在愛看電影，減衣縮食的省下一點零用錢，每個星期六或星期天，便到票價相當便宜的「青康戲院」去看一兩

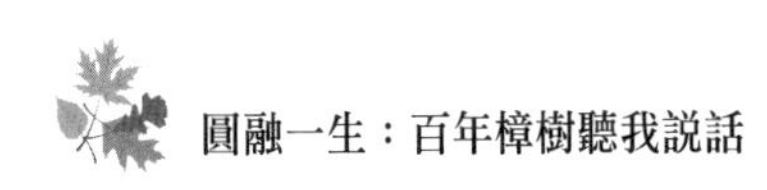

部電影，我認為這是年輕時候最幸福最快樂的事。

成為國中老師以後，我還是保持每個星期看一、二部電影的習慣。不過，這時候口袋裡的零用錢比較多，所以，都去聲光設備一流的電影院欣賞首輪新片。

大略算一算，四十多年來，我看過的電影實在太多太多了，將近有三千部吧！因此，當我寫文章、對外公開演講或進去監獄講人生小故事給囚犯聽，我都會適時引用一些電影裡的情節來豐富內容。

二〇一二年聖誕節前夕，在強烈冷氣團吹襲之下，我依然在百忙中抽空去「麻豆戲院」看了兩部電影，是《少年Pi的奇幻漂流》和《血滴子》，使我的退休生活過得精彩一些。

聖誕節這天，在報上看到一則極有人情味的新聞；蘭嶼島上有五所中小學的學生共同提出心願，希望有「電影院到蘭嶼」。這件事被秀泰影城董事長廖治德知悉，他發揮愛心，要出動三十名人員，一輛大卡車載數位投影機和音響、大喇叭、大螢幕等超過五百萬元的機器，駛上貨輪，駛往蘭嶼，讓蘭嶼的民眾快快樂樂欣賞電影。

廖治德說：「我沒有計算成本，能夠實現孩子的夢想最重要。」

我小時候也遇見過如此疼愛孩子的電影經營者。

那是生活十分困窘的年代，一般小孩子常常飢餓過日子，在餐桌上，想多吃幾口甘藷飯或多挾一些魚呀肉呀菜的，一定會被大人攔阻甚至於挨打，所以，很少很少小孩子有零用錢買零食吃，更別說上戲院看一場電影了。

記得是「電姬戲院」的老闆，（可惜不知道他的姓名），他看到有一些小孩子每天在戲院外徘徊，好奇的看看電影海報或央求熟識的大人帶他（她）進去戲院，出於憐憫心腸吧，他吩咐工作人員每天下午在電影快放映完以前，打開大門，讓這些愛看電影的小孩子，（有時候我也置身其中）高興的衝進去免費看個片尾，過過癮。

現在，我回想小時候的快樂事情，這短短幾分鐘的看戲經驗就常常浮現在腦海中，也成為我日後愛看電影的源動力。

老樟樹，我既然是大大的電影迷，又是個多產量的作家，寫過不少長、中、短篇小說，當然渴望有電影公司把我的作品買去改拍成電影，讓我樂一樂。

皇天不負苦心人。

那年，我還在麻豆國中教書，在報上看到台南府城有一個年華老去的酒國名

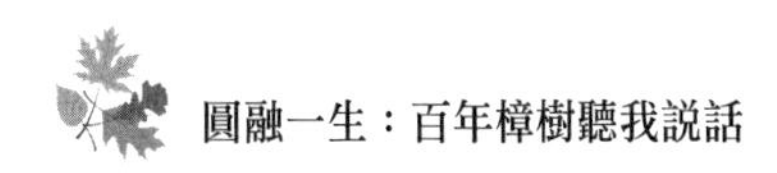

花——艷紅小姐，從紅透半天邊到貧困無依與車禍受傷而失智的兒子相依為命的奇特遭遇，深受吸引，我立刻去台南小巷中訪問她，把她一生的傳奇故事寫成小說，《歷盡滄桑一美人》，很快被「名流電影（香港）事業公司」看中，以十萬元買去改拍成電影《可憐花》。（後來，我分了五萬元給艷紅小姐）。

千萬大導演　徐天榮　最新大貢獻
千萬紅星　歐陽玲瓏　傾力演出
千萬小生　李道洪　領銜演出
原著　丘榮襄

大型彩色海報上的這幾個大字，讓我一看再看，樂不可支。

可惜，電影不怎麼轟動。有一天晚上我陪母親、太太去痲豆「電姬戲院」看這一部《可憐花》，整個電影院裡，也只有我們三個觀眾。

二、三十年過去了，二〇一二年年底，突然台北有一家電影公司打電話來，要購買我被發上網路而爆紅的三千多字作品〈最後一堂課〉，想加油添醋把一個

死囚犯在監獄聽我講課的故事改拍成兩個小時長度的電影，當然我立刻表示同意。

我希望，真有一天，可以在「麻豆戲院」或在麻豆糖廠的「假日電影院」裡看到我所寫的〈最後一堂課〉改拍成的電影，享受我晚年生活的一個大樂趣。

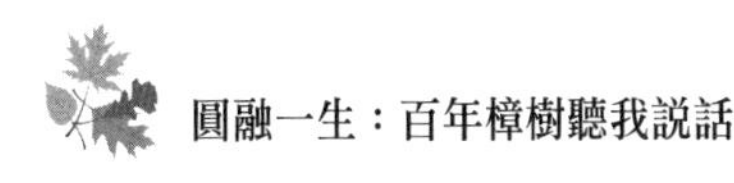

14. 新年音樂饗宴

新年到，喜氣洋洋，新舊交替，常叫人有許多感觸。

老樟樹，我大清早走進麻豆糖廠，眼前一大片柔和藍光叫我嚇一跳，忍不住先停下腳步。

原來，有巧思的糖廠志工們為歡送二〇一二年，迎來二〇一三年，特地在一百多公尺長的綠色樟樹隧道兩旁掛上千顆的小燈炮，半空中又綁上密密麻麻一尺長的燈管，電源接通，一大片柔和藍光形成奇幻景象，彷彿一下子就接通了天上與人間。

我慢慢走進這一大片柔和藍光，過去一年種種甜美回憶使我忍不住微笑起來。

二〇一二年年頭，我第一次當上爺爺，小兒子夫妻生下可愛的小男孩。二〇一二年年底，我的大兒子也終於找到對象，喜氣洋洋完成結婚大事。我這個卑微的老人，總算不再有任何遺憾。（有一天晚上在中廣新聞網聽到老朋友的廣播節目，他說，這年頭的年輕人流行晚婚不生孩子，做父親的期待兒子們都能結婚，自己有孫子抱，不是一件容易的事兒！）

走出綠色樟樹隧道，我轉往幽暗的大草坪，看見表演舞台上貼出二〇一三年的元旦娛興節目；

老人合唱團　　早上九點開始

大學生熱門音樂演奏　　下午二點開始

看著「老人合唱團」這幾個字，我覺得很有趣。以前的社會很單純，不分男女，年紀大了就叫老人，大家不會覺得有什麼不妥，忽然，出現一些所謂新派心理學家或是什麼教育專家，告訴我們：稱呼別人老人很不妥當，等於指明他（她）們沒有用了，來日無多。應該把年紀大的人稱為「銀髮族」，或是「樂齡族」（樂於學習過新生活而忘了自己的年齡），這才是尊敬、有禮貌的。

為了配合這樣的新觀念，所以，很多養老院、老人團體常安排一些年輕人去唱唱歌、跳跳舞，把場面弄得很熱鬧，並且，強迫那些老人要忘了自己的年齡，站起來跟著又扭又跳的。

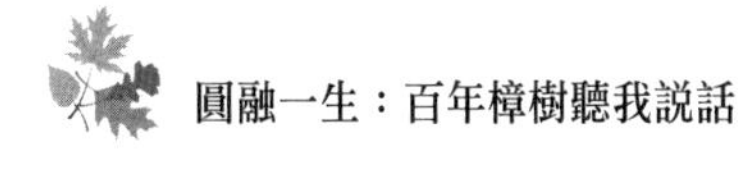

我真替這些老人難過。

人老了，喜歡安靜，喜歡在緩慢溫暖的場合，找人說說話，回憶往事。很少老人會真正忘了年齡而喜歡跟又唱又跳的年輕人打成一片。真是瞎搞！

承認自己老了，來日無多有什麼不好呢？如此，才會珍惜每一天的時光，珍惜與家人的互動，懂得慈悲、寬恕，容忍家人的過錯，才不會貪婪錢財，做出失德不要臉的事情啊！

元旦那天早上，我靜靜坐在麻豆糖廠大草坪邊緣，遠遠看著幾個白了頭髮的老鄰居、老朋友輪番上陣，在舞台上演唱老歌表演樂器。天上，不時有鳥兒慢慢飛過，草坪上，幾隻衰老野狗或坐或趴，沒有喧譁、沒有追逐。欣賞音樂表演的觀眾有的輕聲聊天，有的安靜想心事，有的開開心心吃著點心。這場面，多好！

老樟樹，二〇一三年，高雄佛光山分贈給家家戶戶的大紅貼紙是：

曲直向前
福慧雙全

老人家在跳動不已的「蛇」年裡，安守本分，知道委曲求全，不直接衝撞惹禍，才能夠有智慧享受該有的福報。不是嗎？

中午午睡過後，我騎腳踏車載小孫子到處玩耍，經過麻豆糖廠外環道路，發現兩旁停滿車子，一陣陣高昂激動的熱門音響穿越過來，吸引小孫子側耳旁聽，我便載他拐進糖廠廠區。

寒流吹拂，難得有絲絲金黃色陽光透過樹梢傾瀉下來，使整個大草坪的歌舞表演區呈現一種熱切、躍動的氣氛，受到鼓舞的十多位男女大學生演奏更起勁了，把音響扭到高點，把電子琴彈到極致，彷彿要在剎那間把大家的注意力通通吸引過來。

冷風中，一位穿淺紅色外套的女孩子拉高嗓子唱英文歌，唱著、跳著、扭著，把全身美好的青春氣息盡情揮灑出來。

我突然想起以前在紐西蘭旅行時，有一天下午在基督城高聳的大教堂前面廣場，看到一個日本女孩拉高嗓子演唱英文歌的事，那場面很突兀，因為來來往往的都是白皮膚、金黃頭髮的西洋人，一個少見的東方女孩有此膽量引吭高歌，實在令人刮目相看。為了替她增加行色，她演唱完，我特地大聲為她拍拍手。

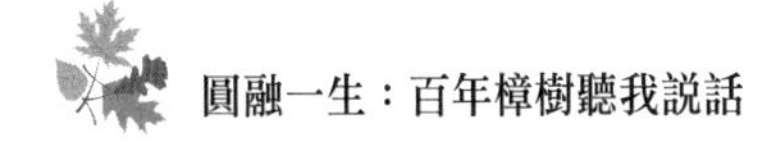

日本女孩走過來向我道謝，問明白我是台灣去的旅客，她說，她是到紐西蘭打工唸書的，指導教授要她每天下午利用人多時在廣場一角唱歌練嗓子，練習將來在歌劇院表演的膽量。

二〇一三年的台灣元旦假期，我看見洋溢著青春氣息的十多位大學生在麻豆糖廠大舞台上，向大家展示他（她）們的拿手絕活，彷彿也在訓練他（她）們即將踏入社會的膽量，我忍不住和小孫子一起為他（她）們拍手助興。

台灣正面臨種種困境，經濟低迷、政黨惡鬥、年輕大學生失業率高，已就業的薪水也不多，希望這些年輕人在憤怒、沮喪之餘，能夠振作起精神，下定決心往前衝刺。就以十年的歷練為標準吧！三十歲以後，希望大多數人學歷完整，有專業技能有滿意的工作環境，共同造就台灣進一步的繁榮盛世。

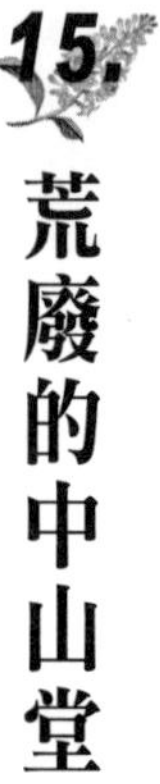

15. 荒廢的中山堂

麻豆糖廠附設小學改成「兒童藝術學苑」後，位在它旁邊的早已荒廢不用的中山堂，顯得更加荒涼、寂寞了。

老樟樹，今天清晨我與八十六歲的羅老先生，（他是二十三歲時離開大陸湖南老家來到台灣的），慢慢走過這一間中山堂時，羅老先生停下腳步，拄著拐杖說：

「我四十歲那一年離開部隊，退撫會安排我以技工身分到糖廠機務課來就職，擔任農場管理班長，工作很愉快，也結婚生了孩子，差不多每個星期天下午，中山堂都放映電影給我們看，我和太太常常帶著孩子在這裡進進出出，一晃眼，四十幾年過去了。唉！人生啊！」

我上上下下把暗灰色的中山堂看一遍，點點頭回答：「幾十年前，在台灣，很多公家機關、學校、部隊，大都設有中山堂，供大家集會、觀賞表演用，大概也都消失不見了。」

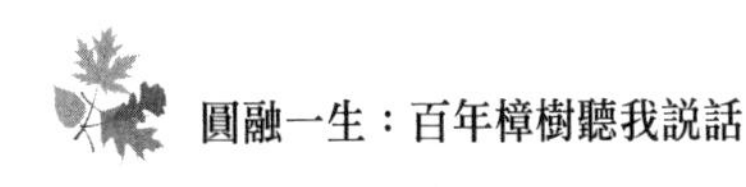

「是呀！」羅老先生長嘆一口氣。「中山堂消失不見，代表一個舊時代的結束，現在很多年輕人也都不知道創建中華民國的孫中山先生了，真是令人傷感哪！」

我們兩個老人各自感嘆一番又往前走路，卻沉默不語，各有心事吧？

我的心思飄飛到四十五年前，我剛剛唸完大一，利用暑假，上台中成功嶺接受軍事訓練。

一向文弱的大學生，酷熱的夏天待在山嶺上接受緊張、嚴厲的軍訓，身體當然極度疲乏，頻頻喊著吃不消。最期待的事就是放假休息，或是拿著矮凳子到營部的中山堂聽演講或者看電影、看晚會表演，人多好摸魚，可以閉目養神、打瞌睡或小聲聊天。

記得有一個晚上看勞軍表演，中山堂裡燈光幽暗，個人可以悄悄移動找好朋友聊聊。閉目養神中，突然有人拍我肩膀，張眼一看，是我小學、初中、高中的長期同班或同校的同學——老陳。我們很湊巧，又一同考上中興大學，只不過，他待在台中理學院，我在台北法商學院，平常沒辦法見面聚聚。我們很快聊起大學生活的種種感想，一向多愁善感的老陳突然說他喜歡上一個唸神學院的女孩

子，可是對方有點冷淡，使他很苦悶，不知如何是好？

我素來知道老陳身體不好，個子高卻愛鑽牛角尖，是悲觀主義者，便大費口舌勸他凡事看開點，不要跟自己過不去。

大學畢業後服完兵役，我留在故鄉教書，老陳說他不喜歡台灣，堅決要去美國或加拿大留學。最後，他去了美國。可是，三、五年後，一些留學生都回台灣走一走看一看，會會老朋友，老陳卻一去不復返，整整四十年過去了，不見蹤影也毫無音訊。

現在，走過麻豆糖廠荒廢的中山堂，那高大、寬敞卻衰敗的身影總是讓我想起以前一起長大、聊天的老陳，大家都像這一座過時的中山堂一樣，成了衰弱的老人了，卻一直不見他回國，我擔心多愁善感的他，可能發生什麼意外，只希望老天憐憫，使他不至白髮蒼蒼客死異鄉。

老樟樹，我服預備軍官役時運氣很好，抽中上上籤，分發在比較輕鬆的空軍航管聯隊，就駐紮在台南機場。主要的工作是有軍機從金門、馬祖回來時，我要上飛機檢查看看，有沒有違法攜帶物品，例如金門高粱酒、貢糖或是用炮彈彈殼改造的金門菜刀等等。平常則在聯隊的中山室旁邊辦公、收發信件，也在中山室向士官兵講解有關的軍法常識。在聯隊的中山室，我一個剛出校門的年輕小伙子學著怎樣做人做事，也結交許多有趣的朋友。所以，日後我對中山堂、中山室這樣的建築物，常常寄以濃厚的興趣與關懷。

曾經，我站在麻豆糖廠的中山堂前面仔細在暗灰色的牆壁上搜索好久，才猜測出來這一間中山堂大概興建於中華民國四十六年，只是，建造者的姓名題字已經模糊認不出來。

我和羅老先生再度走近中山堂，兩人不約而同放下枴杖，在中山堂大門前面階梯上坐下。

羅老先生長長嘆一口氣，說：「我老家在大陸湖南是做造紙生意的，造紙的大工廠也是高大寬敞的模樣，和我們身後的中山堂差不多。造紙生意很不錯，從祖父手上傳給父親，累積很多財富。可惜，父親好吃懶做，吃、喝、嫖、賭，把財產都敗光了，最後，連造紙工廠都賣給別人。」

「懷著氣憤、失望的心情，我一個人遠離故鄉，投入國民黨、共產黨爭鬥的戰場。心想，什麼都沒了，就算在戰場上被打死了也沒有關係。最後，卻在台灣的鄉下小鎮，麻豆，糖廠，當一個技工，結婚了有了孩子，回首往事，真像一場

夢呀！」

我用肩膀撞他一下：「我知道您把兒子、女兒都栽培得很好，您這一生也算值得了。」

「我從父親身上學到一件事，男人，要做個有責任的人才行。所以，我一直省吃儉用鼓勵兒子、女兒唸書求上進，他們開始工作賺錢後，我要求他們每個月交給我五千元儲蓄下來，十幾年後，他們要結婚，便有能力可以分期付款買房子，幸福的安定下來。」

我回頭，看看荒廢的中山堂。心想，它在羅老先生眼中也許是父親和老家的象徵，時時刻刻提醒他要腳踏實地做個有用的好男人吧！

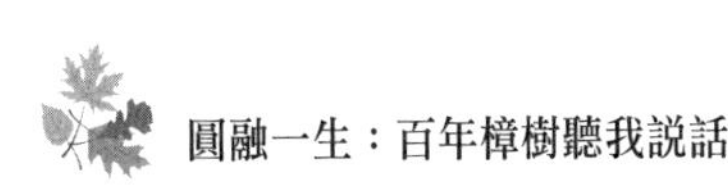

16. 生活的勇氣

我每天清晨四點多就在麻豆糖廠走路做運動，常有人開玩笑問我：「那麼早，不怕碰見什麼嚇人的東西啊？」

老樟樹，我雖然已是六十六歲的老人，世上奇奇怪怪的事情見多了，可是，我還是常常暗中祈禱，請諸神保佑，大清早的，整個麻豆糖廠裡樹木眾多，黑影搖晃，請不要讓我碰上什麼妖魔鬼怪，嚇出一身病來。

說曹操，曹操就到。

我剛走過荒廢的中山堂，幽暗中，突然看到一條人影從樹後出現，偏頭看我一眼，立刻撥開高與腰齊的雜草，走進雜草中，消失不見。

見鬼了，我倒抽一口氣停下腳步。乖乖，短短剎那間，我看不清對方是男是女，可是，我看到對方手上提一個桶子，快速走進高又濃密的雜草中，沒有遲疑沒有回頭，這，太詭異了。

那一片雜草通往一小片樹林，那是麻豆糖廠改成藝文活動中心十一年來尚未開發整理的偏僻角落，平常，就是在大白天，也很少人走進去，現在，清晨四點半左右，竟然有人提著桶子往那裡快速進入，這人是要幹什麼？或是，那不是一個正常人？甚至於，不是人！

答案揭曉，當然是日後我們又見過幾次面，彼此好奇，攀談起來，才知道真相是——一個五十多歲的失業的男人，到處打零工之餘，當餐廳有需要的時候，便大清早在偏僻的樹木、雜草糾纏不清的地方尋找蝸牛，論隻計酬賣給餐廳賺一點錢，貼補家用。

這個矮壯的男人說，他原本在一家輪胎工廠當工人，輪胎工廠為了適應大環境，為了生存而搬到泰國去，他便失業了。年齡大，到處找不到固定的工作，只好打零工為生，可是，有房貸要繳，靠太太在餐廳洗碗切菜的一份薪水不夠用，正好餐廳推出義大利菜，需要野生的蝸牛，便讓他隨時抓蝸牛去賣，每個月可以多賺幾千元。

像一般勞工一樣，工作累了，坐下來吸一支菸，吞雲吐霧一番，是很快樂的享受。這男人在抓了半桶多的蝸牛後，常喜歡在大草坪邊緣的長條椅子上坐下來，吸著菸休息一會才回家。我走過去時跟他打招呼，次數多了，整個糖廠又少

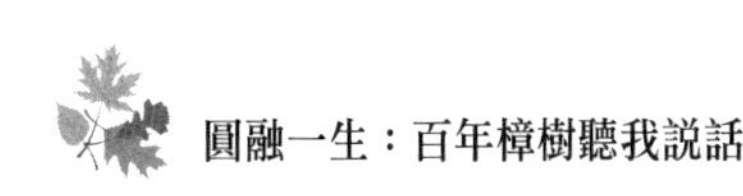

見別人，我們便自然而然聊起來。

他總是穿著長筒雨鞋，預防被蛇咬。頭上，綁著以前礦工常戴的可以調整的燈炮，平常不亮，要抓蝸牛時把燈炮扭亮，方便四處搜尋。

我笑著說：「我是年紀大了睡不好，所以，每天一大早就出門走路做運動，你幹麼也大清早就出來抓蝸牛？」

他聳聳肩膀回答：「蝸牛平常躲著讓人找不到，天快亮的時候，大概是肚子餓了或是愛吸露水，牠便到處跑，要抓牠比較容易。」

老樟樹，這個努力工作賺取生活費用的男人，有天興奮的告訴我：他女兒大學畢業後連連參加國小教師甄試都落榜，過年後，卻幸運考上了。女兒實在太高興，抱著媽媽一直哭呢！另外，他的兒子也即將從警察學校畢業，分發工作後便成了公務員，不像私人企業的員工要擔心裁員、放無薪假。想到好日子即將來臨，父子每次見面聊天都忍不住微笑起來。

祝福這個有生活勇氣的男人，未來的日子過得安心、幸福。

另一個有生活勇氣的人，也令我刮目相看。

糖廠裡一座老式的防空洞大門外就貼有他的宣傳海報：

抗癌街頭藝人

這個醒目的海報有藝人的彩色照片，他大約四十歲，戴一頂帽子，手拿吉他邊彈邊唱，一副怡然自得的模樣。

星期六、星期天的下午，我騎腳踏車載小孫子來糖廠逛逛，常遠遠的就聽到他的歌聲，不算渾厚動聽，但是也算過得去，再說，宣傳海報上面有小字註明他因骨癌動刀失去右小腿，裝上義肢仍然失去工作，為了奉養中風的老父親，所以考到街頭藝人執照後，利用放假日麻豆糖廠遊人較多時前來唱歌，賺取生活費用，瞭解他的艱難處，也就沒有人嫌他歌聲普普通通，吝於鼓掌喝彩。更有不少人把十元、五十元或百元鈔票投入他放在地上的「打賞箱」。

有一回聽他唱鄧麗君的招牌歌曲——《小城故事》，頗合我意，我便大聲為他拍手，他笑著鞠躬道謝。

他休息時，我向前稱讚他老歌唱得好，我知道他錄製有光碟在賣，便問他有沒有老歌專輯？

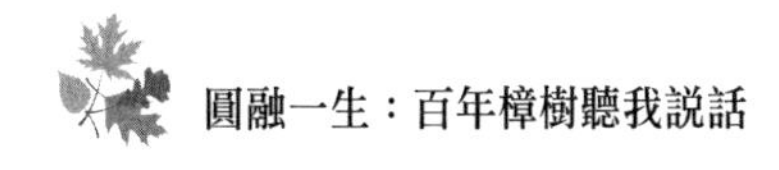

他連連點頭，向我解釋，他灌有一張國、台語老歌光碟，因為製作成本不低，每一張要賣一百二十元，不知道我買不買？

我立刻掏兩張百元鈔票給他。

他給我一張光碟，掏零錢要給我時，我伸手攔阻，然後轉身走開。

我踩動腳踏車載小孫子轉向小朋友溜滑梯的地方，聽到他說，要為我這個歐吉桑唱一首老歌——《港都夜雨》。

他是遭受過病痛、失業種種挫折打擊的人，唱這一首歷盡滄桑的代表作《港都夜雨》頗有味道，聽著聽著，我濕潤了眼睛。

17. 圓融人生

我年輕時極喜歡讀武俠小說大師古龍的作品，古龍的武俠小說故事曲折離奇，人物古怪有趣，一次又一次閱讀，實是人生一大享受。可惜，古龍中年早逝，再也沒有人可以寫出那種與眾不同的作品，我也就不再看武俠小說了。

古龍的小說中常神奇飛來一句：

二月二，龍抬頭。

我對易經、八卦之類的領域沒有研究，不知道這一句「二月二，龍抬頭」什麼意思？可是，常常在看到這一句時想到可能會有神祕、重大的事情來臨，心中便快樂起來。

老樟樹，二〇一三年二月二日，大清早，我在麻豆糖廠走過一座青龍造型時又想到古龍寫的「二月二，龍抬頭」，心想，今天就是二月二日，該做一點什麼

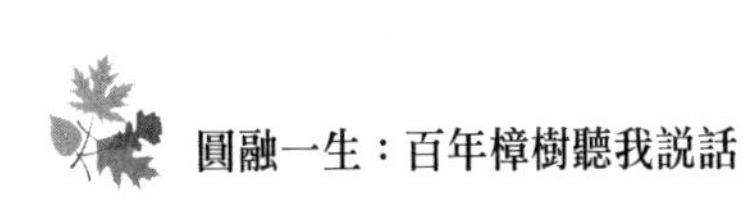

跟武俠有關的事情呢？

下午，我決定去「麻豆戲院」看大陸導演王家衛執導的武俠電影《一代宗師》。

我慶幸自己在百忙中抽空看了一部好電影。

《一代宗師》由梁朝偉、章子怡、趙本山、張震主演，它不靠熱鬧武打取勝，而是藉由詠春拳大師葉問的一生來敘述有為有守、不爭不求的圓融人生，這種電影，克服過種種挫折、有著豐富人生閱歷的人看起來格外喜歡。

感覺上，寒流彷彿漸漸失去威力，人們身上穿的衣服少了一些。

幽暗裡在麻豆糖廠走來走去，可以聽見夜鶯不時發出的「啾啾啾——」叫聲，很喧鬧，在天色尚未明亮時顯得特別聒噪，這是春天即將來臨時才有的現象。心想，是不是冬天已經過去，生意盎然的春天已悄悄來到？

回家翻開案頭週曆，在二月四日這一天看到「立春」兩個字，原來，二〇一三年的春天真的降臨了，難怪，麻豆糖廠裡的所有樹梢出現嫩綠小葉，而大草坪悄悄更換了新綠小草。

有新便有舊，許多新生命在春天欣欣成長、茁壯，有的舊生命卻也衰老結束。非常意外，我一位親戚長輩，相當傑出的畫家，在二月四日「立春」這天晚上去世，享壽正好七十歲。

二月二十四日，元宵節，去參加親戚畫家的告別式，看到他預先寫好的遺囑，知道他要學習聖嚴法師的作為，死後「植葬」，讓我心中敬佩不已；不愧是成名畫家，展現了圓融的人生智慧。

老樟樹，四年前，二〇〇九年的二月三日，「一代宗師」聖嚴法師圓寂，享壽八十，他交代死後不發訃聞、不立碑、不建塔，火化後骨灰以「植葬」方式置放於他一手創立的法鼓山「生命園區」。

據我所知，「植葬」，是將骨灰放入長圓筒形可以輕易分解、融入土壤的紙袋，在大樹下挖洞埋下，填平。過一段時間紙袋消失，骨灰藉助雨水或空氣的作用便與大自然融合成一體，完成生命的圓融形式。

聖嚴法師是佛教界的領導者，著作等身，德行清高。他有名言：

虛空有盡

我願無窮

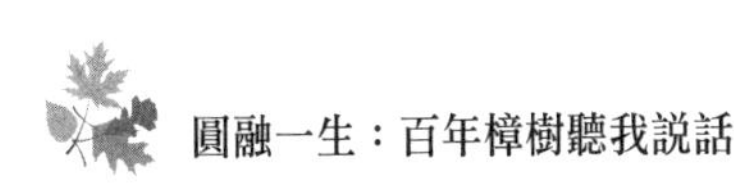

這八個字常鼓舞我在身體病痛或艱難考驗中不放棄生命該有的貢獻與尊嚴，無論如何要振作起來讓自己的生命發光發熱。

我們這些卑微的平凡人，在經歷種種折磨與打擊時，如果能抬頭仰望聖嚴法師的偉大身影，一定可以減少許多失誤與沮喪，活得有尊嚴吧？

我也日漸衰老，將來，實在也很想效法親戚畫家以「植葬」方式離開這個世間。但是，在南台灣，好像還沒有聽說過有什麼「生命園區」可以「植葬」的，無可奈何，我只能交待兩個兒子與媳婦，將來我生病嚴重，絕對不要搶救，送進大醫院的「安寧病房」即可，讓我心安理得在佛教儀式中自自然然、歡歡喜喜結束生命。火化後，把骨灰罈放在麻豆郊外「保濟寺」納骨塔，要與我母親的骨灰罈盡量接近。（二十多年前，我恭送母親的骨灰罈去寺廟時，就告訴她：「阿母，總有一天我會來與您作伴的。」）

生命不必計較長短，活得精彩有意義就好。我不是什麼成功作家，卻也寫了四十多本書，連年受邀參加總統的春節作家茶會，我非師範院校畢業生，但外行人當老師，也獲得教育界的最高榮譽——師鐸獎。這圓融人生，我應該知足了。

所以，我想在骨灰罈上刻下這些話：

謝謝你，
偶而來看我。
不要傷心我的離去，
因為我一直歡歡喜喜。
其實，
我的靈魂已不在這裡，
風吹鳥兒相陪，
無憂無慮，
我在每個好玩的地方旅行。

健康養生小百科好書推薦

圖解特效養生36大穴
NT：300（附DVD）

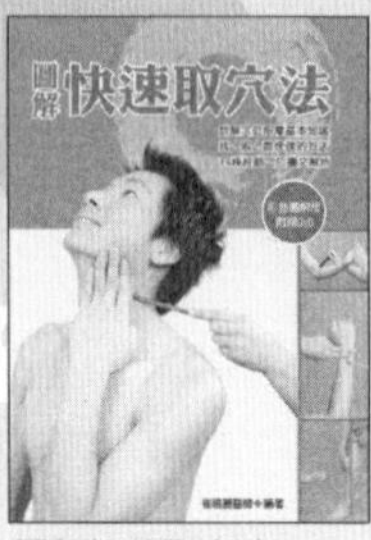

圖解快速取穴法
NT：300（附DVD）

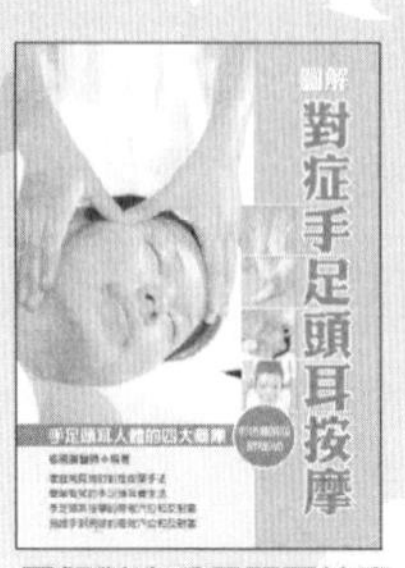

圖解對症手足頭耳按摩
NT：300（附DVD）

圖解刮痧拔罐艾灸養生療法
NT：300（附DVD）

一味中藥補養全家
NT：280

本草綱目食物養生圖鑑
NT：300

選對中藥養好身
NT：300

餐桌上的抗癌食品
NT：280

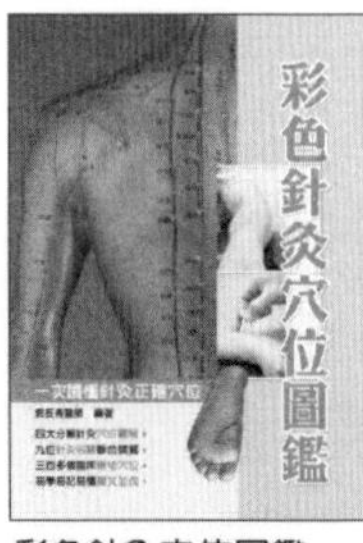

彩色針灸穴位圖鑑
NT：280

鼻病與咳喘的中醫快速療法 NT：300

拍拍打打養五臟
NT：300

五色食物養五臟
NT：280

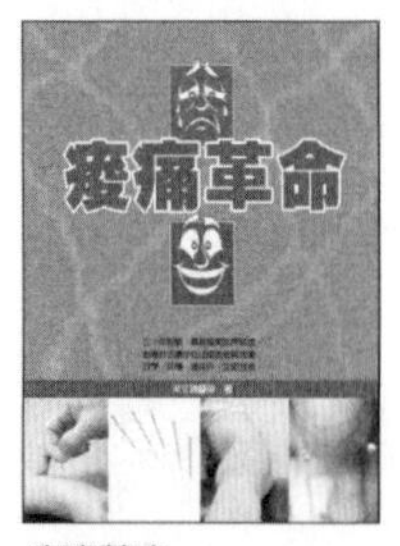

痠痛革命
NT：300

你不可不知的防癌抗癌100招 NT：300

自我免疫系統是身體最好的醫院
NT：270

心理勵志小百科好書推薦

全世界都在用的80個
關鍵思維NT：280

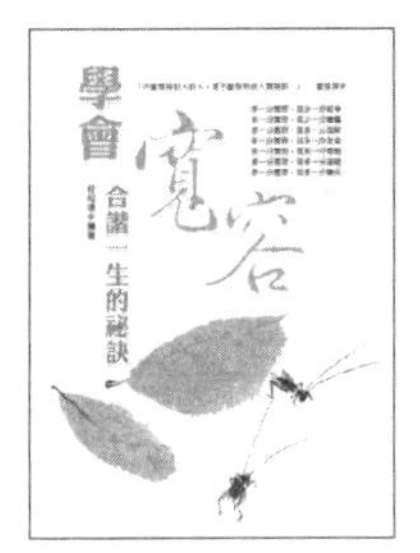

學會寬容
NT：280

用幽默化解沉默
NT：280

學會包容
NT：280

引爆潛能
NT：280

學會逆向思考
NT：280

全世界都在用的智慧
定律 NT：300

人生三思
NT：270

陌生開發心理戰
NT：270

人生三談
NT：270

全世界都在學的逆境
智商NT：280

引爆成功的資本
NT：280

每個人都要會的幽默學
NT：280

潛意識的智慧
NT：270

10天打造超強的成功智慧
NT：280

國家圖書館出版品預行編目資料

圓融一生：百年樟樹聽我說話／丘榮襄作. ——
初版. —— 新北市：華志文化，2013. 10
面；　公分. ——（生活有機園；10）
ISBN　978-986-5936-57-0（平裝）

855　　　　　　102016897

華志文化事業有限公司

系列／生活有機園 010
書名／圓融一生：百年樟樹聽我說話

作者　丘榮襄
執行編輯　林雅婷
美術編輯　簡郁庭
封面設計　葉若蒂
文字校對　陳麗鳳
企劃執行　康敏才
總編輯　黃志中
社長　楊凱翔
出版者　華志文化事業有限公司
電子信箱　huachihbook@yahoo.com.tw
地址　116台北市文山區興隆路四段九十六巷三弄六號四樓
電話　02-22341779
印製排版　辰皓國際出版製作有限公司

總經銷商　旭昇圖書有限公司
地址　235新北市中和區中山路二段三五二號二樓
電話　02-22451480
傳真　02-22451479
郵政劃撥　戶名：旭昇圖書有限公司（帳號：12935041）
電子信箱　s1686688@ms31.hinet.net

出版日期　西元二〇一三年十月初版第一刷
售價　二〇〇元

華志文化

華志文化

華志文化

華志文化